華園を遠く離れて

鈴木あみ

白泉社花丸文庫

華園を遠く離れて　もくじ

イラスト／樹要《いつきかなめ》

恋路〈旺一郎×蕗苳編〉

主要登場人物

伊神旺一郎［いかみ　おういちろう］
東京の医大に通っている蕗苳の幼なじみ。蕗苳を身請けするため、以前は闇金融などで荒稼ぎをしていた。
長妻蕗苳［ながつま　ふき］
旅館長妻の次男。兄の放漫経営で旅館が傾き、借金の形に男の遊廓「花降楼」に売られる。源氏名は蛍。旺一郎に身請けされたのち、旅館の復興を夢みる。

改札を抜けると、温泉街には既《すで》にちらちらと雪が舞っていた。吐《は》く息が白く溶ける。

オフシーズンとはいえ、あたりはそれなりに賑《にぎ》わっていた。若い女性の集団や湯治客《とうじ》たちが、楽しげに街へ散っていく。

伊神旺一郎《いがみおういちろう》は、駅前で車を拾おうとして、ふいに軽く噴《ふ》き出した。

――だめ、勿体《もったい》ない。節約節約……！

蕗苳《ふき》の声が聞こえたような気がしたからだ。

長妻《ながつま》まで、懐《なつ》かしい景色を眺《なが》めながら歩くのも悪くはない。

旺一郎は車に乗るのを止《や》め、雪の積もった道に踏み出した。

彼が吉原《よしわら》の男の遊廓《ゆうかく》・花降楼《はなふりろう》に売られた幼なじみ、長妻蕗苳を身請《みう》けしてから、二年半の月日がたっていた。

最初の年は、蕗苳と二人、安アパートで暮らした。

旺一郎は闇金融《やみきんゆう》の仕事から足を洗って、家庭教師から肉体労働まで何でも掛け持ちし、蕗苳は旅館経営の勉強をかねて、知人が女将《おかみ》を務《つと》める旅館で働いていた。旅館長妻の次男として生まれた蕗苳の夢は、潰《つぶ》れた実家の旅館を再建することだった。

人手に渡っていた建物は旺一郎が買い戻したが、それだけでは営業を再開することはできず、運営資金を手に入れなければならない。蕗苳は勤めを続けると同時に、融資《ゆうし》を取りつけるために銀行に通ったり、保証人になってくれそうな人を探して走り回っていた。

毎朝、蕗苳のほうが家を出るのは早かった。

旺一郎は蕗苳のかけていってくれた目覚まし時計で目を覚まし、蕗苳のつくってくれた朝食を食べ、蕗苳のつくってくれた弁当を持って出掛ける。

——俺が旅館の食事をつくるわけじゃないんだけどさ。でも料理のことも少しはわかっておいたほうがいいと思って……

蕗苳はそう言って、空《あ》いた時間には勤め先の旅館の板前に料理を習っていたようだ。腕前は、一年でずいぶん上達したと思う。

帰りはたまに時間が合えば待ち合わせて、そんなときはたいてい深夜だったから、人気《ひとけ》のない道を手を繫《つな》いで帰った。そして家に着けば安アパートの薄い壁を気にしながら、声を殺して何度も愛し合った。

つましいながらも、いつまでもそうしていたいような楽しい時間だったけれど。

銀行融資の手はずが整い、二人で貯《た》めたものとを合わせて目標額に達すると、蕗苳は見たことのない通帳を取り出して、彼に告げた。

——旺一郎も、大学に戻って欲しいんだ

爪《つめ》に火をともすような生活の中から、蕗苳は旺一郎が休学中の大学へ戻るための学費も別に貯めていたのだ。

旺一郎は驚き、大学の件はまだ先でいいと言ったけれども、蕗苳は一日も早くと言ってゆずらなかった。

——医者になるのは、おまえの夢だったんだから……！

これ以上自分のために遅らせて欲しくないと言う蕗苳に押しきられるようなかたちで、その翌年の四月には、旺一郎は大学の医学部に復帰した。

そして蕗苳もまたアパートを出て長妻へ戻り、旅館再開の準備に着手したのだ。

経営が傾きはじめた頃からだいぶ痛んでいた建物に手を入れ、従業員たちを呼び戻す。とはいえ彼らにも既にそれぞれの生活があり、また長妻のほうにも多くを雇《やと》い入れる資金がないため、ほんの少人数からの始まりだった。

旺一郎も夏休みにはできる限りの手伝いをしたが、大学の後期が始まると同時に、後ろ髪を引かれながらも東京へ戻らざるをえなかった。

そうして離れて暮らすこと約二ヶ月。

今日は長妻再開の日だった。

この日ばかりはどうしてもじっとしていられず、旺一郎はこの地を訪れた。

(本当はもう二、三日でも早く来て手伝ってやりたかったが……)

大学のほうの都合がつかなかったのだ。蕗苳が羽根《はね》で機《はた》を織《お》るようにして復学させてくれた大学の勉強を、おろそかにするわけにはいかなかった。

（長妻はどんな旅館になってるだろうな）

そして蕗苳はどんな主人になっているだろう。電話やメールはしょっちゅう交わしていても、会うのはひさしぶりになる。

長妻に着くのが楽しみだった。

「あ……」

ふと、旺一郎が途中で足を止めたのは、土産物屋《みやげもの》の片隅《かたすみ》に、肉まんの幟《のぼり》を見つけたからだった。蕗苳の好物だ。

蕗苳と駆け落ちしようとして失敗したあの日、旺一郎が夜食として買ったものの一つでもある。

（あれはもう五年近くも前になるのか……）

思い出せば感慨《かんがい》が深い。

「いらっしゃいませ。いかがですか？」

店の中から声を掛けられ、旺一郎は一つ買った。道々暖《だん》を取るのにはちょうどいい。

「旺一郎……！」

そのときふいに耳を打った声に、旺一郎は顔を上げた。

視線の先には、雪道を駆け下りてくる蕗苳の姿があった。

「蕗苳……！」

旺一郎は目を見開く。

着物に下駄《げた》履《ば》きの足許《あしもと》が危なっかしくて、思わず彼は駆け寄った。

「あっ――」

蕗苳が雪に滑《すべ》ったのと、旺一郎が手を差し伸べたのが、ほとんど同時だった。

蕗苳は叫び、旺一郎の胸に倒れ込んでコートにぎゅっとしがみついた。旺一郎はそれをなんとか受け止める。

「危ないだろ、気をつけないと」

「ごめん……」

蕗苳ははあはあと喘《あえ》ぎながら言った。

「どうして俺が来るとわかった？」

今日訪れることは、蕗苳には告げていなかったのだ。話せば、大学があるのに無理をするなと言うに決まっていたからだ。

「今朝……旺一郎のお父さんが教えてくれたんだ。この汽車で着くって」

「親父が」

長妻で運転手をしていた旺一郎の父親は、旅館が潰れてからしばらくは現場の仕事などをしていたけれども、今はまた戻って運転手兼裏方として働いている。旺一郎は今回の帰省を父親にだけは話していた。

「迷惑《めいわく》だったか?」

「そんなわけないだろ……!」

蕗苳はぶんぶんと首を振った。

「でも無理……」

しなくてよかったのに、と予想通りのことを言いかける唇を、旺一郎は指で塞《ふさ》ぐ。蕗苳は一瞬目を見開き、そして旺一郎の意図を察してにっこりと微笑《ほほえ》んだ。

「お帰り、旺一郎」

「蕗苳……」

一生懸命走ってきたのだろう。鼻の頭を真っ赤にした蕗苳が、たまらなく可愛かった。往来《おうらい》であることも忘れて抱き締めてしまいそうになる衝動《しょうどう》を、必死で押しとどめる。

「ただいま」

旺一郎は笑い返し、蕗苳の髪に積もった雪を払った。

【1】


それから二人で肉まんを半分ずつ分けて食べながら、長妻まで戻った。

蕗苳から言い出して、舗装《ほそう》された表通りではなく、駆け落ちのときに通った裏道を選ぶ。

雪でかなり足場が悪くなっていたけれども、人目を気にせずに歩けるのが、蕗苳は嬉しかった。

「旅館のほうはいいのか?」

旺一郎は、転ばないように手を引いてくれながら聞いてくる。こんなに悠長《ゆうちょう》に帰って大丈夫なのか、と。

その優しさは駆け落ちをしようとしたあの夜を思わせて、ひどく懐かしい。

「うん……チェックインの時間にはだいぶあるし。……それに、まだそんなに多くないんだ……お客さん」

「そうか。まだ最初だからな」

「……うん」

いろいろなところに宣伝したり、旅行会社に営業したり、昔の長妻のお客だった人たちに葉書《はがき》を出したり蕗苳なりにやってみたのだが、そう上手くはいかないようだった。せめて繁忙期《はんぼうき》にはじめられればまた違ったのだろうが、準備がどうしても整わなかったのだ。

「でも、慣れてないうちから満室になって慌《あわ》てるより、ゆっくりお客さんが増えていってくれたほうが、ちゃんとした接客ができて却《かえ》っていいのかもしれないって思うんだ」

「前向きだな」

「うん」

答えた声が震える。たしかにそう考えて、敢《あ》えてこの不利な時期の再開を延期しなかったのだけれど。

「……旺一郎」

蕗苳は足を止めた。

「ん？」

彼のコートの端《はし》をぎゅっと掴《つか》む。

「ほんとはいないんだ」

「え……？」

「お客さん、誰も」

「蕗苳……」

さすがに旺一郎も愕然《がくぜん》としたようだった。

このあともまるで予約がないというわけではないが、当日になっても初日に客が入らなかったことは、蕗苳にはひどくこたえていた。いっそ予約のある日までオープンを延ばしたいくらいだったが、公《おおやけ》に発表してしまったものをずらすことは、たとえ客がいなくてもやはりできなかった。

「……ごめん、言えなくて」

見栄《みえ》を張りたかったわけではないが、どうしても口にできなかった。

「だからおまえが来てくれて、凄く嬉しかった。……心細くて……ほんとはずっと『来て』って言いたかったんだ」

だけど言ったら旺一郎の勉強の邪魔《じゃま》になる。そう思って我慢《がまん》した。そんな蕗苳の願いを、旺一郎は黙って叶《かな》えてくれた。

ずっと堪《こら》えていた涙がじわりと滲《にじ》む。

「蕗苳」

旺一郎は蕗苳の名を呼び、力一杯抱き締めてくれた。

長妻に着くと、蕗苳は客室に客として旺一郎を迎えた。

「手伝いに来たつもりだったんだけどな」

と、少し困ったように笑う旺一郎に、蕗苳は首を振る。

「ううん。お客さんになってくれてよかった。初日なのに誰もいないっていうの、従業員のみんなの士気《しき》にも響いてたし……来てくれて、張りができたのが見ててわかったよ。……それに、旺一郎は長妻の恩人でもあるんだから、一度ぐらいはちゃんとおもてなししたいと思ってたんだ」

「……今さら、何言ってるんだよ」

旺一郎は、少し照れたような顔をする。

彼を通した部屋は、長妻の中でもとりわけいい部屋の一つだった。広い和室が二間《ふたま》続きになっていて、雪の峡谷《きょうこく》に臨《のぞ》む見晴らしも最高だ。

「ようこそおこしくださいました。この旅館の主人、長妻蕗苳でございます。日頃のお疲れを癒《いや》し、楽しく過ごしていただけますよう従業員一同勤めさせていただきますので、どうぞごゆっくりおくつろぎくださいませ」

蕗苳は何度も練習したとおり、手を突いて挨拶《あいさつ》をしてみせた。

「どう？　変じゃない？」

「うん。いいんじゃないか」

「せっかくだから、お客として何でも忌憚《きだん》のない意見を聞かせてくれる？　今後の参考にするからさ」

「ああ」

旺一郎は頷《うなず》いた。

蕗苳はお茶を入れながら、さっきから聞きたくて、でも少し聞くのが怖かったことを口にしてみる。

「それで……いつまでこっちにいられるんだ？　週末は泊まれる？」

「ああ。明後日の夜まで泊まって、月曜日の朝早く帰るよ」

「そっか……」

ではあと三日、旺一郎といられるのだ。そう思うと嬉しくなる。

旺一郎は蕗苳の渡した湯飲みを手にしながら、微《かす》かに唇を綻《ほころ》ばせた。

「なんだか感慨《かんがい》深いな。長妻でおまえに茶なんか入れてもらうと」

「もう、またそれを言う……！」

我《わ》が儘《まま》なお坊ちゃんだった頃のことを持ち出されて、蕗苳はつい軽く拳《こぶし》を振り上げてしまう。旺一郎は笑って手で受け止め、そのまま蕗苳を抱き寄せた。

「でもほんとに……何かして欲しいことがあれば言えよ……？」

彼の優しい言葉に心が熱くなる。

「明日からは本当に……できるだけ手伝うから」

「うん。……ありがとう」

蕗苳は旺一郎の胸に頭を擦《す》り寄せて頷いた。腕のぬくもりがひどく心地よくて、旺一郎といられるしあわせを実感する。このままずっと抱かれていたいと思う。

けれど他に客がいないとはいえ、主人がいつまでも一人の客の傍《そば》に入《い》り浸《びた》っているわけにはいかなかった。

蕗苳はそっと身体を離した。

「あのさ……旺一郎」

「うん?」

蕗苳は頭を下げ、部屋を去る前に、旅館を再開したらちゃんと言っておきたかった言葉を口にした。

「長妻を買い戻してくれて、ありがとうね」

「馬鹿、そんなこと今さら……俺が勝手にやったことなんだし、それに再開できるまで漕《こ》ぎ着けたのは、おまえが頑張《がんば》ったからだろ?　ん?」

「旺一郎……」

旺一郎がそう言ってくれて、蕗苳は涙が出るほど嬉しかった。

「――もう行かなくちゃ」

「ああ」

そしてもう一度手を突き、頭を下げる。

「では、ごゆっくりお過ごしくださませ」

「うん」

蕗苳は立ち上がり、そっと部屋を出た。

蕗苳を呼びに来た仲居《なかい》が駆け寄ってきたのは、ちょうどそのときだった。

「あの、今、新しいお客様が……！」

「え？」

予約を入れていない、飛び込みの客が現れたのだ。

蕗苳はぱっと目の前が明るくなるのを感じた。なんだか旺一郎が幸運を運んできてくれたような気がした。

「旺一郎……！」

蕗苳は今閉めた襖《ふすま》を開けて、再び部屋へ飛び込む。

旺一郎にこの喜びを報告せずにはいられなかった。

新しく訪れた客は近所の旅館からの紹介で、手違いで予約したはずのその宿に泊まれなくなった社員旅行の団体客だった。

昔は、長妻が満室になって他の旅館に当日客を紹介することはあっても、逆はほとんどなかった。そのことを思うと、長妻の凋落《ちょうらく》が少し切《せつ》ない。それにお客が選んで長妻に来てくれたわけではないことにもがっかりした。

けれどそれでも、館内は俄《にわか》に活気づいた。

蕗芩もまた客室に挨拶にいったり、料理長と献立《こんだて》の相談をして足りない食材を手配したりと忙しくなった。

旺一郎は手伝おうかと言ってくれたが、勉強で大変なのに無理をして来てくれた彼に、一日くらいはゆっくりして欲しかった。

(それにこれくらい……団体のお客さんって言ったってたいした人数じゃないんだし、頼らないでやっていけるようにならないと……。旺一郎には旺一郎の、医者になる夢があるんだし)

それでも、廊下《ろうか》の向こうから歩いてくる風呂上がりの旺一郎の姿を見つければ、つい声をかけてしまう。

「旺一郎……！」

旺一郎は、蕗芩に気づいて近づいてきた。湯上がりのせいか、長妻の浴衣《ゆかた》に丹前《たんぜん》を羽織《はお》った姿が、どこか粋《いき》で色っぽい。

「忙しそうだな」

「うん……！」

蕗苳はにっこりと笑う。宴会《えんかい》を兼ねた夕食の用意のために、ばたばたと働いているところだった。人手が足りないので、お客に挨拶するとき以外は、総支配人の蕗苳もたすきがけだった。

「お湯どうだった？」

「いい湯だった」

「よかった」

「子供の頃からずいぶん長くここで暮らしたけど、あんなにゆっくり露天《ろてん》に浸《つ》かったのは初めてだったな」

その言葉に蕗苳は昔のことを思い出し、今さら申し訳なくなりながらも、こんな機会にでも旺一郎にゆっくり過ごしてもらえてよかった、と思う。

「そういえば風呂で団体の人たちとも会ったな」

「そっか。団体の人たち、うちのこと気に入ってくれたみたいだった？　不満とか言ってなかった？」

「ああ。いい旅館に振り替えてもらえて、却って運がよかった、と言っていたよ。いいお湯だとも」

旺一郎の言葉に、蕗苳は嬉しくなる。けれど旺一郎の表情はやや曇っていた。

「ただ……」

「ただ？　やっぱり何か……」

「いや、そういうんじゃなくて」

不満がありそうだったのかと心配になる蕗苳に、旺一郎は言った。

「あんまり行儀《ぎょうぎ》のいい人ばかりじゃなさそうだった。気をつけろよ」

「え……？」

蕗苳は首を傾《かし》げる。そして突っ込んで聞こうとしたときだった。

「総支配人」

厳《きび》しい声が、蕗苳の背中からかけられた。振り向けば、支配人を務める従業員が立っていた。

旧長妻の頃から女将のいないこの旅館で、父が倒れたあとは、実質女将のような役割を果たしていた男だった。今は蕗苳の下で働いてくれているとはいえ、新米《しんまい》経営者でいろいろといたらない蕗苳はよく叱《しか》られていて、どっちが上司だかわからないようなところがあった。もともと蕗苳よりは兄の浩継《ひろつぐ》と親しかった男でもあり、正直、蕗苳には苦手意識がないわけではない。けれどそれはそれとして、旅館の仕事に精通した人にいてもらえて助かっていることもまた事実だった。

「はい」

蕗芩は慌てて旺一郎の傍を離れ、駆け寄った。

「献立のことで料理長が相談があるそうです。それから……」

仕事の手配について打ち合わせるついでにいくつか小言《こごと》を言われながら、蕗芩は心配そうに見ている旺一郎に、こっそりと手を振った。

「それから」

支配人の声が鋭《するど》くなる。蕗芩はびくりと顔を上げた。

「人目にたつところで特定のお客さんとなれなれしいのは、他のお客さんに対してよくありませんよ」

「はい……すみません」

客の前で部下に叱られるのもどうかと思うが、言われることはもっともだ。

蕗芩はやや憮然《ぶぜん》としながらも、頷いて頭を下げた。

*

蕗芩と別れたあと、旺一郎は旅館の敷地内をぶらぶらと散歩した。

改装を手伝ったところは上手くいっているかが気になり、昔から変わっていないところは佇《たたず》まいが懐かしかった。

最近では滅多《めった》に使われないような良い材木でつくられた建物は古いが、それだけに古くなくては醸《かも》し出せないような独特の情趣《じょうしゅ》があった。渡り廊下の窓から見える雪景色の中庭も美しい。

(昔の長妻には、寒々しさと重苦しさしか感じなかったが……)

それが今は味わいと思える。

歳を取り、いろんなことがあって自分の気の持ちようが変わったためでもあるだろうが、蕗苳が長妻を明るく変えたからなのかもしれなかった。

(あの頃は、長妻が嫌いだった)

長妻の従業員だった父親とともに旅館の召使《めしつか》い同様に使われ、ことに長男の浩継とその一派は底意地悪く旺一郎を蔑《さげす》んだ。そんな鈍色《にびいろ》の子供時代の記憶の中で、まっすぐに慕《した》ってくれた蕗苳の姿だけが鮮《あざ》やかだ。

(……ん……?)

思い出を辿《たど》るように庭を眺めていた旺一郎の視界の端《はし》に、ふと二人の男の姿が映った。

「あれは……」

先刻、蕗苳を叱った男が、庭を挟んだ向こうの廊下で団体客の一人と話をしていたのだった。その客は、旺一郎が風呂で一緒になった、大声で猥談《わいだん》をしていた「行儀のよくない」客だった。

従業員が客と話をしていたからと言って、何も問題はないはずだと思う。けれど旺一郎には小さく引っかかった。

人目につきにくい場所で、どことなく密談めいた雰囲気《ふんいき》を感じたからだろうか。それとも旺一郎にとっても顔見知りであるその従業員が、「浩継とその一派」の筆頭《ひっとう》だった男だからだろうか。

旺一郎が蕗苳の世話係のようなものだったとすれば、彼は蕗苳の兄、浩継の世話係だったと言えたかもしれない。ろくでなしだった浩継を、それでも可愛がっていた彼にとっては、浩継が継いでいたはずの旅館を今は蕗苳が経営しているという状況は面白いものではないだろう。

(何ごともなければいいが……)

彼が先刻つまらないことで蕗苳を叱っていたことを思い出し、旺一郎の胸を不安が過ぎった。

【2】

夕暮れどきになると、団体客の宴会が始まった。

カラオケで盛り上がり、次から次へと酒が運び込まれては空《から》になっていく。客の中でも数人はべろべろに酔っており、さすがに飲み過ぎではないのかと思うほどだった。遠回しに制してみたけれども聞き入れられず、客の注文を拒否するわけにもいかない。

空壜《あきびん》や空いた皿を片づけようとしていた藹芩は、酔っぱらった中年男に手を握られ、思わず声をあげそうになった。

鳥肌が立ちかけるのを何とか堪え、やんわりと微笑って外させる。

明らかに男の身で、男物の着物を着ているにもかかわらずこんな目にあうのは、やはり遊廓あがりの滲み出る何かがあるのだろうか。

そう思うと、藹芩はため息をつきたくなる。女性従業員に手を出されるよりは、ずっとましだけれども。

「女将」

「……総支配人です」

酔っぱらいの言うことを訂正するが、相手は聞いていない。

「ん？　ま、どっちでもいいや。最初の挨拶のときから思ってたんだけどさ……あんたなんとなく色っぽいよな」

「そうですか？」

蕗苳は引きつった笑みを浮かべる。再び握られた手を放させようとしたが、今度は簡単にはいかなかった。

客は蕗苳に抱きつき、耳に唇を寄せて囁いてきた。

「今夜、これからどうよ」

「えっ……？」

蕗苳はその言葉に耳を疑い、思わず客を見つめた。

「だからこれからさ、脱け出して俺の部屋でさ……」

言いながら手を撫《な》でまわしてくる。言葉の意味するところを悟《さと》り、嫌悪感《けんおかん》より、長妻はそういう旅館ではないのにという悔《くや》しさが先に立った。

「……ご冗談を」

なるべく角《かど》を立てずに離れようとするが、強く肩を抱かれて放してもらえなかった。着物の合わせにまで手を突っ込まれる。

他の客たちも気がついて眉《まゆ》を顰《ひそ》めはじめていた。けれど蕗苳に絡《から》んでいるのが最も地位の高い男らしく、誰も何も言えないようだ。宴会全体に気を配らなければならないはずの幹事が、酔いつぶれて寝てしまっているのも最悪だった。

客を突き飛ばして逃げるわけにもいかず、蕗苳は上手くかわせない自分自身にも腹が立ってたまらなかった。

「困ります」

「困ることないだろ。男好きだから、誘《さそ》えば二つ返事で誰とでも寝るって聞いたぜ？」

蕗苳は目を見開いた。

「な……そんなこと、聞いたって誰から……!?」

「一緒に来てくれたら教えるよ。だからさ……」

顎《あご》を掬《すく》われ、唇を寄せられて、蕗苳は必死で顔を背《そむ》けた。

そのときだった。

蕗苳の顎を捉《とら》えていた客の手が、ふいに離れた。

（え……？）

振り向けば、旺一郎だった。旺一郎が客の腕を摑んで、蕗苳から引き剝《は》がしたのだった。

「旺……っ！」

思わず名前を呼びかけた蕗苳を、彼は視線で制した。

「調理場で呼んでますよ、総支配人」

そしておそらく嘘だろう用事を告げると、摑んだままの客の腕を軽く捻《ひね》る。

「うっ……！」

客は小さく呻《うめ》き、ようやくもう片方の手も蕗芩から放した。

（旺一郎……）

解放されて、蕗芩はほっと息を吐く。

旺一郎が助けに来てくれて、嬉しかった。けれど客を怒らせてしまったのではないかと思うと、気が気ではなかった。旺一郎がせっかく逃がしてくれても、とてもこの場を去る気にはなれない。まさか殴《なぐ》り合いにでもなったら。

だが——旺一郎は、ふいに笑ったのだ。

「総支配人の代わりに、私がお相手を」

（え）

まさか旺一郎がそんなことを言い出すとは思わず、蕗芩は言葉を失った。

（相手って……まさかお客さんの部屋に）

夜伽《よとぎ》をするとでもいうのだろうか？

旺一郎はにっこりと客に笑いかけてはいるが、目が笑っていない。そのどこか怖い笑顔に、客は半《なか》ば固まっていた。

「あ……あんた誰」

客の問いかけには答えずに、旺一郎は舞台の脇にいる従業員に目配《めくば》せする。

耳慣れたカラオケの曲が流れはじめた。

「ちょ、ちょっと……！」

旺一郎はそのまま客の腕をとり、強引《ごういん》にマイクの前まで引っ張っていった。

そして曲に乗せて堂々と歌い出す。

その途端《とたん》、蕗苳は腰が抜けそうになってしまった。

「……お……旺一郎……」

呆然《ぼうぜん》と呟《つぶや》く。長いつきあいになるのに、そういえばたしかに、一緒にカラオケに行ったことは一度もなかったけれども。

(旺一郎……音痴《おんち》だったんだ……)

腰に響くような美声なのに、音程だけが激しく外れている。まぎれもなく旺一郎は音痴だった。

しかも旺一郎が歌ったのはデュエットの女性パートで、度肝《どぎも》を抜かれたように絶句していた他の客たちが、やがてくすくすと笑い出す。けれどその笑いは、どこか温《あたた》かいものだった。

女性客たちの雰囲気も、一気に変わったのがわかる。

——凄《すご》い音痴。あの人誰？

——格好いいのにねえ……！

——ここの歌手とか？

——まさか
囀《さえず》る声が蕗苳のところまで聞こえてくる。

「さあ、部長も。十八番《おはこ》なんでしょう？」

「冗談じゃない、俺は……！」

抗議する客の口の前に、旺一郎はさっとマイクを差し出す。

他の客たちが、協力するようにいっそう盛り上がって囃《はや》し立てた。

男は自棄《やけ》のように旺一郎からマイクを奪い取った。これもまた上手くはなかった。

情感を込めて下手《へた》な歌を歌う二人に、周囲は大笑いした。

蕗苳もまたつい噴き出してしまいそうになりながら、同時にじわりと涙が滲んでくるのを堪えることができなかった。

（旺一郎……）

きっと歌いたくなどなかっただろう。殴るほうがずっと簡単だっただろうし、それ以前に放っておくことだってできた。

それなのに、旺一郎はどちらもせず、蕗苳のために道化《どうけ》の役を買って出てくれたのだ。

たまらなく嬉しかった。外れた音で熱唱する旺一郎が、誰よりも男らしく、胸が痛いほど格好よく見えた。

旺一郎はちらりと蕗苳を振り向き、早く行け、と視線で合図してくる。

蕗苳は頷き、胸の中で旺一郎に感謝しながら、宴会場をあとにした。


下げてきた空壜や皿の載った盆《ぼん》を持って、調理場へ向かう途中で、蕗苳は支配人に呼び止められた。

「何があったんです？」

騒ぎになった時点で、誰かが報告に行ったらしい。

「えっと……実は」

ああ、また叱られる、と蕗苳は小さくなりながら、顚末《てんまつ》を説明する。

支配人は深くため息をついた。

「それくらいのこと、一人で上手く処理できなかったんですか？」

「すみません……」

「伊神さんが、いくら昔はここの従業員同然だったとは言っても、お客様として滞在《たいざい》していただいている以上はお客様です。あれくらいのことでお客様を頼ってどうするんです」

「はい……すみません」

本当にこれではどちらが上司かわからないな、と思いながら、言われることはもっともなので、蕗苳は神妙に頭を下げるしかない。

そのときだった。

「まったくだよな」

ふいに旺一郎の声がした。

振り向けば、場が納《おさ》まるのを待って退出してきたらしい旺一郎が、怒気《どき》を孕《はら》んだ顔で立っていた。

「従業員のすることじゃないよな。客に頼ったり、ましてや唆《そそのか》したりするなんてな」

旺一郎は言い放ち、支配人を睨《ね》めつける。

「旺一郎、それって……？」

(唆すっていったい……)

先刻の客は、蕗苳が男好きで、誘えば二つ返事で寝ると誰かから耳打ちされたと言っていた。もしかしてその「誰か」が、支配人だったという意味だろうか。あの客があんな振《ふ》る舞《ま》いに出たのは、支配人に唆されたからなのか。何故、旺一郎はそんなことを知っているのだろう。

「何のことやらさっぱり……」

と、支配人は言った。

「しらばっくれる気かよ？　おまえがあの客とひそひそ話をしているのを、俺はたしかに見たんだけどな……！」

「私が何をしたと言うんです⁉　お客様に何か不都合なことがないか伺《うかが》ったのが、いけないとでも？」

二人は正面から睨《にら》み合う。

「……っ」

先に目を逸《そ》らしたのは、支配人のほうだった。

彼は蕗苳のほうへ視線を移した。

「と――ともかく、宴会の雰囲気を壊したことは事実ですからね。あとで料理長と相談して、お詫《わ》びに何かデザートでもさしあげてください。それに、手が足りないんだから、さぼってないで働いてくださいよ……！」

吐き捨てるように言い、彼は足早に奥へと戻っていく。

「……逃げられたな」

その背中を見送って、旺一郎はため息をついた。

「旺一郎、今の話……」

「ああ。話しているのを見たのは本当だ。だが何の話をしていたのかまでは……たしかに想像に過ぎないから、証拠はないがな」

蕗芩は一瞬迷ったが、あの客に言われたことを旺一郎に打ち明けた。

「……あのお客さん……俺のこと、誘えば二つ返事だって誰かに聞いたって言ってた」

そう口にすると、旺一郎は血相を変えて支配人の消えた廊下の奥を見た。

「あの野郎、やっぱり……！」

「……かもね」

蕗芩は頷く。旺一郎はきびすを返し、宴会場のほうへ戻ろうとした。

「旺一郎……!? どこ行くんだよ!?」

「あの客から聞き出すんだ。そうしたら、あいつを首にできる」

「旺一郎……！」

蕗芩は旺一郎の丹前を摑んで引き留めた。そして顔を見上げ、首を振る。

「どうして……！　首にしろよ。でないと、この先何をしでかすか」

「でもあの人にいてもらって助かってるのも事実なんだ。旅館のことで説教するときはたいてい一理あると思うし、教えられることも多いんだよ。俺はもっとあの人から吸収したいことがあるんだ」

仕事について、自分がどれほど未熟《みじゅく》か蕗芩は痛感しているのだ。学べる相手がいるなら機会を逃したくなかった。

「さっきのことだって、本当は俺が自分で上手くかわせればよかったんだし……それにさ、お客さんに俺のこと、遊廓あがりだっていうのは言わなかったみたいだろ？」

もし告げていたら、あの客はきっともっと露骨なことを蕗苳に言ってきただろう。

「俺のことが気に入らなくて嫌がらせはしても、長妻を潰したいとは思っていないはずなんだ」

「蕗苳……」

「これからはもっと気をつけるから」

支配人が浩継を可愛がっていたことはわかっているし、数年後に浩継が釈放《しゃくほう》されて戻ってくれば、また一波乱《ひとはらん》あるだろう。旺一郎の危惧《きぐ》もわかるし、不安がないと言ったら嘘になる。けれどそれまでには支配人に認めてもらえるように、蕗苳は頑張るつもりだった。

「おまえがそれでいいんなら」

呆れたようにため息をつき、それでも少し心配そうに旺一郎は言う。

蕗苳は微笑した。

「それよりさ、……さっきはありがと」

「別にたいしたことはしてねえよ」

「そんなことない。凄く助かったよ」

蕗苳は心から言った。旺一郎の手を取りたいのに、両手が塞がっているのがもどかしかった。

「でも、どうして俺が困ってるってわかったんだ？」

「……あの二人が話してるところを見てから、ずっと気にはなってたからな。それでなんとなくおまえの姿を探して館内をうろついてたら、ちょうど宴会場の中から慌てて仲居が飛び出して来るのが見えた」

仲居のようすがなんとなく妙だったから、襖の隙間《すきま》から宴会場の中を覗《のぞ》いてみたのだと旺一郎は言った。そうしたらあの騒ぎだったのだ、と。それでカラオケ係に指示を出して、中に踏み込んだ。

「そっか……でも、びっくりした」

と、つい蕗苳は口にする。

「何が」

「おまえが歌うとは思わなかった」

「……っ、……」

旺一郎は、めずらしくひどくばつの悪そうな顔をした。

「……忘れろ」

「忘れないよ」

「……下手だっただろう」

「うん」

旺一郎は頭を抱える。蕗苳はつい笑ってしまうけれども。

「でも……凄い嬉しかったから」

「は……」

馬鹿、と旺一郎は顔を伏せたまま言った。

「……旺一郎。俺さ、おまえがあのお客さん、殴っちゃうかと思ったんだ」

あんなふうに道化を買って出てまで、まるく納めてくれるとは思わなかった。

「殴りたかったさ。いやらしい手でおまえにさわりやがって。……けど、相手は客だからな。揉《も》めたり雰囲気を壊したりしたら、おまえが困るだろう」

歌いたくて歌ったわけでは、勿論なかったはずだった。殴るほうがずっと簡単だったに違いないのに。

それだけ大事に思ってくれているのだと思うと、旺一郎の気持ちが嬉しくてならない。

そしてまた、旺一郎も大人になったのだと実感する出来事でもあった。蕗苳を身請けするために花降楼に現れた頃の旺一郎なら、こうはいかなかったのではないだろうか。

(それに比べて俺は……)

「俺……だめだよな。遊廓にいたくせに、やっぱりこういうあしらいとか下手でさ……」

実際に色子《いろこ》として一人前になるところまではいかなかったとはいえ、まるで身に付いていない自分が情けなくなる。これでも昔にくらべれば、いろいろと気働きができるようになったつもりでいたのだけれど。

「遊客と旅行客じゃ、また違うさ。そのうち慣れる。それに、俺はそういう初心《うぶ》なままのおまえで戻ってきてくれて、嬉しかったけどな」

「旺一郎……」

「さあ、もう行ったほうがいい。仕事があるんだろ？」

「うん」

蕗苳は頷いた。だいぶ長く立ち話をしてしまったようだった。

「じゃあ、またあとでね」

そう言って立ち去りかける。

ふと、そのとき旺一郎が言った。

「……そういえば」

「え？」

「遊廓の話で思い出した。あの支配人、誰かに似てると思ってたんだ。あいつだ……花降楼の」

「あ、鷹村《たかむら》……!?」

　言われてみれば、たしかに支配人は少しだけ鷹村に雰囲気が似ているかもしれない。鷹村はああいう姑息《こそく》な意地悪をする男ではなかったが、支配人のやや神経質そうな細面《ほそおもて》の容貌《ようぼう》や、ぴしゃりとした厳しい物言いには近いところがあった。

　旺一郎は、苦虫《にがむし》を噛《か》み潰したような顔をしている。見世でそう何度も顔を合わせる機会があったとは思えないが、旺一郎は鷹村があまり好きではないようだった。それとも、遊廓を思い出させるようなものすべてが嫌なのだろうか？

（でも……）

　鷹村は厳しかったけれども、どこか娼妓たちに対する慈愛《じあい》のようなものを感じさせるところがあって、蕗苳は嫌いではなかった。それに何年も同じ廓の中で過ごして、情も移っていた。

　つい、小さく笑ってしまう。

　支配人と鷹村が似ているとすれば、むしろこれからは、少しは親しみをもって彼に接することができそうな気がした。

【3】


一日中忙しく働き、深夜を過ぎてもまだ仕事は終わらなかった。

館内の見回りを従業員に頼むと、蕗苳は大浴場へ向かった。人の来ない夜中は閉めて、掃除をするのだ。

長妻には男女それぞれの室内大浴場と、そこから出られる露天風呂があり、源泉《げんせん》の掛け流しとなっている。室内の大浴場は、旧長妻が全盛だった頃から毎日湯を抜いて入れ替え、浴槽までしっかりと磨《みが》く習《なら》わしだったが、自然の雰囲気を大切にした岩風呂のほうは週に一度と決まっていた。

男湯の掃除は蕗苳が担当し、女湯は女性従業員に任せてあったが、そちらは既に済んでいるようだった。

「さて、と……」

着物の裾《すそ》を端折《はしょ》り、袖《そで》をたすきがけにして、湯船の栓《せん》を抜く。そしてデッキブラシの柄《え》を握り、洗い場の床を擦《こす》りはじめた。

「蕗苳」

三分の一ほど磨いた頃だっただろうか。

ふいに呼びかけられ、顔をあげると、旺一郎の姿があった。

「旺一郎……！　どうして？」

「見回りのやつに、蕗苳は大浴場の掃除だって聞いたからさ」

もともとは父親とともに長妻に住み込んでいた関係で、従業員には旺一郎の顔見知りも多い。今日の見回りの担当者もそうだったようだ。

「手伝おうか」

旺一郎の申し出に、蕗苳は微笑む。

「大丈夫だよ。今日ぐらいはお客様としてゆっくり……」

「ここからこっちはまだなんだろう？」

言いかける蕗苳の手から、旺一郎は柄を取り上げた。そして続きからブラシを掛けはじめる。

「旺一郎……」

自分のために、何か少しでも手助けしてくれようとする旺一郎の気持ちが胸に響いて、蕗苳は心の中で頭を下げた。

そして旺一郎に洗い場を任せ、自分は小物のほうに取りかかる。他愛もないことを喋りながら、椅子や洗面器を洗って隅《すみ》に積み上げ、カランのあたりを磨いていく。旺一郎と一緒なら、掃除も楽しかった。

夜中も入浴できるようにして、掃除は昼間のインとアウトのあいだにするようにしたほうがいいんじゃないかと旺一郎が言い、蕗苳も検討する気になった。

それから脱衣所のほうへ行き、清掃と整理整頓。

「さてと、こっちは終わり」

額《ひたい》を拭《ぬぐ》い、大浴場を覗くと、旺一郎はまだようやく湯が抜けたばかりの浴槽の中を洗っていた。浴衣の裾をからげ、蕗苳と同じように袖をたすきがけにした旺一郎は、なんだか粋でひどく格好良かった。

声をかけようとして、ふとちょっとしたことを思いつく。

蕗苳は掃除に夢中になっている旺一郎に気づかれないよう、一度浴室を出た。そして調理場へ行き、すぐにとって返す。

再び旺一郎の許へ戻ると、彼は浴槽を磨き終わり、洗剤を湯で流しているところだった。

「旺一郎」

硝子《ガラス》戸を閉め、持ってきたものを背中に隠して声をかける。旺一郎は湯を止め、顔をあげた。

「終わった？」

「ああ、今ちょうど」

蕗芩はじゃーん、と言いながら、背中から隠していたものを取り出した。銚子《ちょうし》と盃《さかずき》だ。

「露天で一杯やらない？」

誘《さそ》うと、旺一郎は少し呆れたように笑った。

「いいのか？　風呂で酒なんか飲んで」

「ちょっとだけ。今日は特別」

蕗芩はそう答える。

二人きりで、長妻の再開祝いをしたかった。


露天へ出ると、冷たい外気に蕗芩は首を竦《すく》めた。

（寒……）

雪は止《や》んでいたが、風呂の周りや植え込みには綺麗《きれい》に積もっていた。

旺一郎は一足先に岩風呂に浸《つ》かり、タオルを腰に巻いただけの蕗芩の姿を眺めている。

東京で同棲《どうせい》していた頃、何度も一緒に銭湯《せんとう》へ行ったことがあるのに、雰囲気が違うせいか、なんだかひどく恥ずかしかった。

「早く来いよ」

という旺一郎の視線も、いつもよりどこか淫《みだ》らな気がする。

「やらしいぞ……！」

蕗苳は持ってきた銚子と盃の載った盆を脇へ置き、湯を掬《すく》って旺一郎に掛けた。

旺一郎も応戦して湯を掛け合う。もともと中にいるほうが有利なうえに、彼のほうが手が大きい。蕗苳はあっというまに頭からびしょ濡れになりながら、湯船の中に飛び込んだ。

「いいお湯……！」

手前みそながら、蕗苳は吐息《といき》をつく。

肩まで浸かって温まった頃に、酒を取り出した。猪口《ちょこ》で乾杯するのも変な気もしたが、それでも小さく縁《ふち》を合わせる。

「お疲れ様」

「おまえもな」

盃を干《ほ》して微笑み交わした。

雪の日に温かい温泉に入って、恋人と酒を酌《く》み交わす——たとえようもなく贅沢《ぜいたく》な、しあわせな時間だった。

銚子が空になると、蕗苳は周囲に積もった雪を集めて小さな雪だるまをつくった。

「ほら見……」

振り返る蕗芩の唇に、旺一郎が口づけてくる。

「ん……」

啄《ついば》むようなそれは、次第に濃厚なものへと変わっていった。

「ん、……だめだって……こんなところで」

キスの合間に訴えるけれども、旺一郎は聞いてくれなかった。蕗芩の身体を反転させ、膝に抱え上げるようにして抱き締めてくる。

「あ……」

ひさしぶりにじかにふれる旺一郎の体温が、たまらなく心地よかった。

旺一郎は更に深く唇を合わせてくる。舌と舌が擦れる感触に、全身がぞくぞくと震えはじめる。恥ずかしいほど簡単に反応を示しはじめた中心へと、旺一郎は手を伸ばしてきた。

「あ……！」

握られて、蕗芩は慌てた。

「だ……だめだって、旺、あっ……！」

「ここは悦《よろこ》んでるみたいだけどな。……ほら、もうこんなに硬くなって」

「っ、ばかっ……」

かっと赤くなる蕗芩に、旺一郎は小さく笑った。続けて茎《くき》の部分を擦り上げてくる。

「あっ、擦っ……は……っだめ……」

蕗苳は喉を撓《しな》らせて喘《あえ》いだ。こんなところで……と思うのに、ほとんど抵抗することができない。

(気持ちいい……)

旺一郎は下を弄《いじ》りながら、胸に唇を寄せてくる。甘嚙《あまが》みされるだけでもたまらないのに、歯で軽く挟んで舐《な》め回されて、蕗苳は身体が溶けてしまいそうだった。

「んっ、……あ……あぁ……っそこ、尖ってるとこ」

喘ぎを抑《おさ》えることができなくて、誰かに聞かれたらどうしようと思う。

「お……いちろ……っ」

蕗苳は旺一郎の肩に縋《すが》った。

「声、出ちゃう……っ」

「大丈夫、水音にまぎれる。……だから安心してもっと……」

「……っあああっ――」

「悦《い》い声を聞かせろ」

「やっ……あああ……っ」

わざと旺一郎の昂《たか》ぶりと擦り合わされる。声を殺すことなど、とてもできなかった。蕗苳は背を反《そ》らし、激しく喘いだ。旺一郎の言うとおり、打たせ湯の水音が、すべてをまぎらわせてくれればいいけど。

いつのまにか蕗芩は、両脚でしっかりと彼の腰を挟みつけていた。そして自《みずか》らいやらしく下半身を揺らし、擦りつける。気持ちがよくて、止めることができなかった。それをまとめて旺一郎の大きなてのひらが包み込む。

「あああっ……！　あ、あ、ぁっ……！」

密着して触れ合う感触で、旺一郎も感じてるんだと思うと嬉しくなる。自分たちがどんな場所で、どんな破廉恥《はれんち》なことをしているのかも忘れて。

「だ、だめ、もう……っ」

「出る？」

「うっ……」

恥ずかしさに泣きそうになりながら、蕗芩は頷いた。湯の中で出すわけにはいかないと思う。

けれど絶頂を堪える蕗芩の後ろへ、旺一郎は手を這《は》わせてくる。彼の意図を悟って、蕗芩は狼狽《ろうばい》した。

「そんな、……っ」

(挿《い》れる、なんて……)

本当に旺一郎はここで最後までしてしまおうというんだろうか？

「……嘘、……っ」

蕗苳は抗《あらが》おうとしたけれども、ほとんど力が入らなかった。両手で双丘《そうきゅう》を広げられ、猛りをあてがわれる。その瞬間、下腹がずくんと疼《うず》いた。

「あ、あ……っ」

慣らされてもいないはずの蕗苳の身体は、自身の体重で、自ら開くように旺一郎を受け入れていく。湯まで一緒に入ってくるような、異様な感触。

「う……あぁ……あぁ……！」

一気に奥まで貫《つらぬ》かれ、思いきり背中を撓らせる。

からだの中を擦られるひさしぶりの感覚に、蕗苳は堪えきれず達していた。一瞬、意識が白くなる。

気がついたときには、ぐったりと旺一郎の胸にもたれかかっていた。

(信じられない……こんなところで)

半ば呆然としながら、蕗苳は呟く。

「お湯……入れ替えないと……っ、ん」

旺一郎はまだ蕗苳の中の深いところで息づいている。

(……喋ると、なんか……)

深いところに響く気がした。

「……っ……ん」

無意識のうちに、蕗苳は体奥の旺一郎を締めつけてしまう。旺一郎が小さく呻いた。

「あとでやっておいてやる」

「あっ――」

身体を繋げたまま抱え上げられる。奥を突かれるかたちになり、蕗苳は声をあげた。

「あああ……あ……っ」

旺一郎は蕗苳を岩の上に押し倒した。

そしてそのまま激しく突き上げはじめる。余韻の残っていた身体はたちまち燃え上がった。

「あ、ん、んんっ……」

湯とは違う、ぬめった感触がある。

蕗苳は旺一郎の背中に爪を立て、喘ぎ続けた。


あとの掃除はやっておいてくれるという旺一郎に任せて、蕗苳は先に上がり、旺一郎の部屋へと戻った。

（あんなとこでしちゃうなんて）

自分でも信じられないくらいだったが、でも気持ちよかった……と、はしたなく思ったりもする。

少し湯あたりしたのか、まだぽうっと頬が熱いまま、蕗苳は座卓の前に座って帳簿《ちょうぼ》を開いた。

団体客が来てくれて助かったとはいえ、高い値段設定ができたわけではなく、それだけで黒字とはいかない。

(もう少しお客さんが入ってくれないとな……。東京の旅行会社に、営業に行って来ようかな)

旅館を維持《いじ》して、従業員の給料も払っていかなければならない。それにやっぱり団体が入ると人手が足りないことも実感したので、今は無理でもなるべく近いうちに人を増やしたかった。そうすると更に経費もかかるし、旺一郎の来年の分の学費も貯めなければ、まだだいぶ足りない。再び休学させてしまうようなことは、なんとしてでも避《さ》けたかった。

「うーん……」

そのときふいに背中から抱き締められ、蕗苳は飛び上がりそうになった。

「旺一郎……！」

いつのまにか戻ってきていたらしい。帳簿に没頭《ぼっとう》していて気づかなかったのかと思うと、ちょっと恥ずかしくなる。

「お帰り」

「ただいま」

旺一郎は後ろから首筋に唇を押し当ててくる。

「やっぱ湯上がりはいいな。色っぽくて」

「ばか」

じゃれついてくる旺一郎に、蕗苳は笑う。

旺一郎は帳簿を覗き込みながら、聞いてきた。

「……経営、厳しいのか？」

「ま……最初はしょうがないって。でも頑張るから。せっかくおまえが買い戻してくれたのに、絶対潰したりしないから」

それは蕗苳の決意だ。

蕗苳は微笑《わら》って口にした。

「無理するなよ？」

けれども、旺一郎は心配そうに覗き込んでくる。

「うん」

「……何か困ったことがあれば言えよ？」

「うん」

蕗苳は頷いた。

「今日はいろいろありがとうね」

「たいしたことはしてねーよ。もう他人行儀なこと言うな」

旺一郎は首筋に唇を押し当ててくる。まだ先刻の余韻《よいん》も冷めきらない蕗苳の心臓は、どきりと音を立てる。また身体が熱くなってきそうだった。

「……あ、そうだ」

蕗苳は少し焦《あせ》って口にした。

「そういえばお腹《なか》すかない？　調理場でおにぎりつくってもらったんだけど食べる？」

「ああ。もらおうか」

蕗苳の焦りがわかるのか、旺一郎はくすりと笑った。

蕗苳は帳簿を片づけ、座卓の端に置いておいた皿を引き寄せた。掛けてあった布巾《ふきん》とラップを外すと、残り御飯でつくった小さなおにぎりが載っている。

それを旺一郎に差し出して、蕗苳は彼が一つめに手を伸ばすあいだに茶を用意した。

「夜食にはちょうどいいな。却ってこれくらい小さいほうが……。こういうの、他のお客にも差し入れてみたら喜ばれるんじゃないか」

「あ、それいいかも……！」

蕗苳が世話になっていた知人の旅館では特にしなかったが、夜食用にちょっとした差し入れをする宿もあると聞いてはいた。何か適当なものがないかと以前話していたことを、旺一郎は覚えていてくれたらしい。

「一口で食べられるようにすれば重くないし、女性のお客さんにも受けるかな？」

「味がついてるともっといいかもな。海苔《のり》とか梅干《うめぼ》しでも……」

「山菜《さんさい》とかどう？　このへんの山で採《と》れるやつ。都会から来る人はそういうの好きだよね。じゃこなんかも混ぜたりして」

「ああ、いいな」

旺一郎と一緒に考えた思いつきに、蕗苳は浮き立つような気持ちになる。

明日は客扱いはやめて、もっと扱《こ》き使っていいからな、と旺一郎は言ってくれる。

「本当は傍にいて、ずっと手伝ってやりたいが……」

「旺一郎には旺一郎のやるべきことがあるじゃんか」

傍にいたいのは山々だけど、旺一郎がそう言ってくれるだけで嬉しかった。

それに旺一郎は、一人前の医者になったらこの近くの病院に勤めて、いずれは開業するつもりだと言ってくれていた。離れて暮らすのも、もうしばらくの辛抱《しんぼう》だ。

（……でも）

「あのさ……旺一郎」

蕗苳にはどうしても気になってしまうことがある。

「もしかして俺のために無理してない？」

「無理？」

「やっぱりさ……医者としては、大学に残るほうが出世の道なんじゃないのか？　おまえの将来を邪魔してるみたいで……」

「馬鹿」

旺一郎は笑った。

「別に出世に興味はないし、おまえの傍で、医者として病気を治す仕事ができればそれでいい」

「本当に？」

「ああ」

旺一郎が頬にふれてくる。

その手に、蕗苳は手を添《そ》え、引き寄せられるまま口づけた。

弄花〈蘇武×忍・御門×椿編〉

主要登場人物

蘇武貴晃［そうぶ　たかあき］
蘇武グループの御曹司。決まった馴染みを持たない花街の憧れ的存在だったが、忍を愛するようになり、身請けする。
忍［しのぶ］
捨て子だったが、「花降楼」楼主に拾われて、のちに色子となる。地味でおとなしい容姿と性格のためお茶を挽いてばかりいたが、蘇武に見初められ、身請けされる。
御門春仁［みかど　はるひと］
広域暴力団御門組組長。椿を「花降楼」に売った男であり、水揚げをした男でもある。椿の活力に溢れたところを気に入っている。
椿［つばき］
「花降楼」では将来有望な売れっ妓で、お職を目指していたが、御門に身請けされる。忍とは同年。内気な忍が歯がゆく、意地悪をしたこともあった。

「いってらっしゃい」

忍《しのぶ》はその朝も、仕事に出る蘇武貴晃《そうぶたかあき》を門の前まで送っていった。

「行ってくるよ」

蘇武は忍の背中を軽く抱き、いつものように接吻してくる。毎朝のこととはいえ、車のドアを開けて待っている運転手に見られるのは恥ずかしくて、忍はつい赤くなってしまう。

「慣れないな、忍は」

「だって……」

少し恨《うら》みがましく見上げる忍の頬《ほお》を、蘇武は笑って撫《な》でる。そして後部座席へと乗り込んだ。いつもならここで忍が手作りのお弁当を渡すのだが、今日はない。

――取引先の人と昼餐《ちゆうさん》をとることになっているから、明日はお弁当はいいよ
昨日のうちにそう言われていたからだ。

――そのかわり、早めに帰ってくるからね
「お気をつけて」

「ああ」

忍は彼を乗せた車が出発するのを、見えなくなるまで手を振って見送った。

そして門を閉め、屋敷の中へ戻る。

忍が花降楼《はなふりろう》から身請《みう》けされ、蘇武貴晃と一緒に暮らすようになって、半年以上が過ぎて

いた。

都内の静かな一等地にある広い平屋《ひらや》建ての屋敷には、忍が来るまで、蘇武がたった一人で住んでいたという。昔からの使用人夫婦がいるが、彼らの住まいもまた、敷地内とはいえ別棟《べつむね》になっていた。

それはとても贅沢《ぜいたく》なことだが、どんなにか寂《さび》しい暮らしだっただろう。毎晩のように花街《まち》を遊び歩いていた彼の気持ちが、なんとなくわかるような気がした。

(貴晃様に、少しでも温かく暮らしてもらえるように)

なるべく居心地《いごこち》のいい家をつくるために、忍はできるかぎりのことをしたかった。

見た目のやわらかな雰囲気《ふんいき》に反して、廓《くるわ》育ちの忍は家事などはほとんどしたことがなかったが、使用人夫婦、特に妻のほうにいろいろと習い、この頃ではようやく料理や掃除も板に付いてきたところだった。

朝食の洗い物を済ませると、忍は居間に座り、針箱《はりばこ》を取り出した。

見世にいた頃もよく自分の着物を直していたから、縫《ぬ》い物だけは得意だった。

とれた釦《ボタン》をつけたり、ズボンの裾《すそ》をかがったりする。蘇武家はお金持ちだから、業者に頼むか、いっそ捨ててしまってもいいくらいなのだが、やはり忍の感覚ではとても勿体《もったい》ないと思う。それに蘇武のためにできることは、何でも自分でしたかった。夏が近づいたら、彼の浴衣《ゆかた》も縫ってみるつもりだった。

電話のベルが鳴ったのは、繕《つくろ》い物をはじめてほどなくのことだった。

忍は手を止めて、部屋の隅《すみ》にある電話の受話器を取り上げる。

「はい、蘇武です」

『私だけど、貴晃はまだいる？』

蘇武の伯母《おば》にあたる女性だった。伯母様、と口にしてしまいそうになり、忍は唇を押さえた。以前そう言って、あなたの伯母ではないのよ、と叱《しか》られたことがあったからだ。蘇武が色子《いろこ》を身請けしたことが気に入らない彼女は、忍に対する当たりが少しきつかった。

蘇武は既《すで》に出掛けてしまったことを伝えると、彼女は言った。

『あら、そう。今日のお見合いの時間にちょっと変更があったから伝えたかったんだけど』

「えっ……？」

お見合い？

その言葉に、忍は耳を疑った。今日は休日出勤で、取引先の人と昼餐だと蘇武は言っていたのに。

『いくら勧《すす》めてもだめだったのに今度だけは会う気になるなんて、お写真を見てよっぽど気に入ったのかしらね。まあとにかく携帯のほうにかけてみるわ』

わざわざそんなことを忍に告げる必要はないのに、こういう意地悪をしたがる女性でもあったのだ。彼女は言うだけ言うと、一方的に電話を切ってしまう。

（お見合い……？）

忍は戸惑いながら、受話器を戻した。

再び座って針仕事に戻ろうとしたけれども、少しも集中できなくなっていた。

蘇武家の御曹司《おんぞうし》という立場上、見合いの話がしょっちゅう持ち込まれていることは忍も知っていた。特に彼の伯母は諦《あきら》めてくれないらしい。けれど蘇武はこれまで、会わずにすべて断ってくれていたのに。

——私には忍がいるからね

（それなのに、今度に限ってお会いになる……？）

そう思い、忍ははっとする。

——その気もないのに会うのは相手にも失礼だろう？

蘇武はそうも言っていたのだ。それなのに見合いをしたということは、蘇武は相手の女性と結婚してもいいと思っている、ということになるのではないか……？

（貴晃様……まさかそのかたと？）

そんなはずはない、と一蹴《いっしゅう》しようとする忍の耳に、蘇武の伯母の声が蘇《よみがえ》る。

——お写真を見てよっぽど気に入ったのかしらね……

（もしかして、とても綺麗《きれい》な人だったのかも……）

そんなことを想像する忍の瞼《まぶた》に浮かぶのは、花降楼にいた数々の美妓《びぎ》たちだ。

そして自分は、彼らにくらべてどんなに平凡で、取るに足らない容姿《ようし》をしていたか。客がつかず、余計者《よけいもの》として送った惨《みじ》めな日々を思い出す。見合いの相手がもしも飛び抜けて美しかったら、蘇武が惹《ひ》かれたとしても仕方がないと思う。

そう思うと、潰《つぶ》れそうなほど胸が痛んだ。

忍は振り払うように首を振った。

（でも俺は貴晃様を信じてるから……！）

その気になれば娼妓《しょうぎ》はおろか、どんな上流階級の美女でも手に入れることができたのに、忍のような地味な妓を選んでくれた蘇武を。

何かの間違いか、そうでなかったとしても、深い意味なんてないはずだ。きっと蘇武が帰ってきてから聞けば、なーんだ、ってことになるはず。

（──────！）

そのときふいに鳴り出した門扉《もんぴ》のベルに引き戻され、忍ははっと顔を上げた。

「は……はぁい」

どうせ外まで聞こえるはずはないのだが、忍はいつも返事をしてしまう。慌《あわ》てて立ち上がり、インタホンの受話器を取る。

そして画面に映る華《はな》やかな顔に目を見開き、思わず叫んだ。

「椿《つばき》……!!」

『やっほー。ひさしぶり……！』

画面の中では、椿が笑って手を振っていた。

椿は、忍が花降楼にいた頃の同朋《どうほう》だった。歳も同じでほとんど同時期に水揚《みずあ》げも済ませた色子だったが、どうして彼がここにいるのだろう。忍が吉原《よしわら》を離れるときは、椿はまだ見世の売れっ妓《こ》だったのに。

「ちょっと待ってて……！」

忍は手許《てもと》の操作で門を解錠《かいじょう》すると、転がるように廊下《ろうか》を走った。草履《ぞうり》を突っかけ、玄関を飛び出す。

椿は門のすぐ内側で、敷石の両側に植えられた忍冬《すいかずら》を眺《なが》めていた。

花降楼にいた頃の長い髪のまま、薄紅《うすべに》のみちゆきを纏《まと》っている。何故だかわずかに髪が乱れ、着物が着崩れを起こしてはいるが、それが却《かえ》って婀娜《あだ》めいて見えた。

「椿……!!」

呼びかけると、椿が顔を上げる。

「忍……！」

「椿！」

忍はぱたぱたと駆け寄り、思わずぎゅっと抱きついた。椿もまた抱き返してくる。一年も離れてはいなかったのに、懐かしくて涙が出そうだった。

見世ではいろいろと意地悪をされたこともあったけど、やっぱり忍は椿のことは嫌いにはなれない。忍が身請けされていく最後の日には、お気に入りだった櫛《くし》をくれて泣いてくれたこともよく覚えていた。

「椿、椿、どうして……？」

「俺もあのあとしばらくして身請けされたんだ」

「身請け!?　誰に？」

忍の問いかけに、椿は少しばつの悪そうな顔をする。

「もしかして、御門《みかど》様に？」

その表情に、なんとなく察して口にしてみると、椿は頷《うなず》いた。

「……うん」

「おめでとう！　よかったね……！」

よかったってほどじゃないけど、と照れたようにぼそぼそと呟《つぶや》く椿を、忍はいっそう強く抱き締めた。花降楼にいた頃から、御門が椿のことをとても好きだったことも、椿が御門を好きなのかどうかはわからなかったけれど、それでも特別に気にしていたことも感じていたから、二人が結ばれたことが忍は嬉しかった。

ひとしきり抱き合って、顔を見合わせて笑う。

「ひさしぶり。忍、若奥様みたいになっちゃって」

褒《ほ》められた——というわけではないのだろう。けれどその言葉に、ちょっと赤くなる。

忍は後ろで半分だけ髪を束《たば》ね、椿とは対照的な落ち着いた大島の着物に割烹着《かっぽうぎ》姿だった。

「椿は、変わってないねえ。華やかで、芸能人みたい」

言いながらふと、蘇武の見合いのことを忍は思い出す。写真の彼女は、もしかして椿みたいに美しかったのだろうかと。

蘇武を信じているつもりなのに、その途端、じわりと目の奥が熱くなる。涙が滲みそうになる。

「忍……？」

椿が怪訝《けげん》そうに覗き込んでくる。忍は首を振った。

「椿に会えたのが嬉しくて」

それもまた、嘘ではなかった。

「あれからどうしてた？」

「そっちこそ」

また、二人して笑う。椿は忍の目許の涙を袂《たもと》で拭《ぬぐ》ってくれる。

「これ、おみやげ」

そしてスッポン酒の一升瓶《いっしょうびん》を忍に手渡した。

【1】


手をとりあって再会を喜んだあと、忍は椿を屋敷の中へ案内した。

「落ち着いてて、いい家だね」

と、椿は言ってくれた。

「ありがとう」

忍は微笑《ほほえ》む。

何の得《とく》もなくお世辞《せじ》を言うような椿ではないだけに、この家を少しは温かい家庭にすることができたのかと思うと、嬉しかった。初めて来たときは、もっとがらんとしていて、いるだけでしんしんと寒くなるような寂しい家だったのだ。

とりあえず、椿を居間へ通した。客用の座敷にしようかとも思ったが、椿に対してそれほど他人行儀《たにんぎょうぎ》にかまえることもないかと思った。

そして昼間からスッポン酒というわけにもいかないので茶の用意をし、ちょうどお彼岸《ひがん》につくったぼた餅《もち》を添《そ》えて持っていく。

椿はみちゆきを脱ぎ、乱れていた髪や帯《おび》も整えて待っていた。

それから二人でお茶をした。

(椿が来てくれてよかった……)

と、忍は思う。あのままだったら、一人でいろんなことを考えて、どこまでも落ち込んでいたかもしれない。

「美味《おい》しい」

椿はぼた餅を食べてそう言ってくれた。

「本当？　よかった」

「もしかして忍がつくったの？」

「うん」

忍は少し気恥ずかしくなりながらも頷く。

「昔からの蘇武家のばあやさんがあっちの棟に住んでるんだけど、その人に作り方を教えてもらったんだ。お料理とかも、いろいろ習ってるんだよ」

「へえ……。じゃあ、もしかしてそれも？」

椿が感心したような顔で視線を向けたのは、先刻《せんこく》途中になっていた繕い物だった。

「あ……これは特に習ってるわけじゃないけど、釦がとれたのをつけ直したりとか、いろいろ」

忍はやりかけの蘇武のシャツを引き寄せる。

「夏には浴衣でも縫おうかと思ってるんだ」

言いながら、再び針を進めはじめると、椿は興味深そうに覗《のぞ》き込んできた。

「本当に奥さんみたいなこと、してるんだ」

「そ……それほどのことじゃ……」

つい赤くなってしまう忍に、椿はくすくすと笑った。

「もしかして、朝はいってらっしゃいのキス、昼は愛妻《あいさい》弁当つくってあげたりとか？」

言い当てられ、忍はますます赤面する。

「うわ。ほんとにやってるんだ。信じらんない……！」

「だ、だって貴晃様、お弁当とか嬉しいって言ってくださるし……っ」

「愛妻弁当のご飯にはハートマークが描いてあったりとか？」

忍は今度こそ、耳まで真っ赤になってしまった。

「やったの⁉」

椿が呆《あき》れたように聞き返してくる。

「で、でもそれは会社に持っていくお弁当じゃなくて、ピクニックに連れていっていただいたときに……っ」

忍はしどろもどろに言い訳をした。

だって食べ物の好みを聞いたら、蘇武が言ったのだ。

――好き嫌いはないよ。忍の愛情がたっぷり籠《こ》もっていれば、何でも美味しいよ
そう言ってもらって、忍は嬉しかった。だから、愛情がこもっていることをわかりやすく伝えるには、どうしたらいいかを考えたのだ。そして思いついたのが、紅でんぶでつくったハートだった。「好き」というしるしだとテレビでやっていたからだ。

(ちょっと恥ずかしかったけど……)

でも蘇武はどきどきするような優しい笑顔で、

――嬉しいよ
と言ってくれたし。

――忍の愛情が籠もってるんだから、大切に食べないとね……

「あーあ、熱くてやってられないね」

思い出して頬を上気《じょうき》させる忍を見て、椿はぱたぱたと手で扇《あお》いでみせる。

「椿こそっ」

揶揄《からか》われて、忍は思わず声をあげていた。椿に反撃するなんて、見世にいた頃には考えられなかったことだった。

自分でも驚いて唇を押さえ、上目遣《うわめづか》いで見上げれば、椿もまた目をまるくしている。そしてふっと笑った。

「忍、しあわせなんだねえ……蘇武様に大事にされてるんだ」

「えっ……な、何をいきなり」

「だって見世にいた頃の忍はもっとしおらしかったじゃん。蘇武様に可愛がられて、ちょっとは自分に自信がついてきたんじゃない？」

「そ……そんなこと……」

見合いのことが、ちらりと忍の頭を過《よ》ぎった。

もしかしたら蘇武の気持ちは、移ろおうとしているのかもしれなかった。けれど蘇武がこれまで忍を大切にして、可愛がってくれていることは疑いのない真実だと思う。感謝しなければいけない、と。

「椿だって、大事にされてるんでしょう」

胸の痛みを振り払うようにして、忍は言う。

けれどその途端《とたん》、椿は憮然《ぶぜん》として顔を背《そむ》けたのだった。

「知らない、あんな奴……！」

「えっ……」

その答えに、もしかして……という予感が過ぎる。再会してからずっと、聞こうと思いつつついあと回しになっていたことを、忍は口にした。

「そういえば……椿、どうして急に、家に来てくれる気になったの？」

忍のことがただ懐かしくて、会いに来てくれたのだろうと思っていた。突然の訪問も、椿の気まぐれな性格からすればさほど不思議とは思わなかった。けれど改めて考えてみれば、かなり唐突《とうとつ》なことではあったのだ。

「もしかして、御門様と喧嘩《けんか》したとか……？」

思いつきを口にすれば、椿はぐっと詰まった。

「……それで飛び出してきた、の……？」

「……」

椿は不機嫌きわまりない仏頂面《ぶっちょうづら》で、お茶を飲み干す。忍は思わず吐息《といき》をついた。

「やっぱり……」

「だってあいつが……!!」

椿は拳《こぶし》で卓袱台《ちゃぶだい》を叩いた。忍は思わずびくんとしてしまう。

「誕生日なのに帰ってこなかったんだよ……！　朝からちゃんと、早く帰ってって言ってあったのに！　それなのに日付が変わってからやっとの帰宅で、そのあいだどこにいたと思う？　銀座のクラブだって。信じられる!?」

「クラブ!?」

「あの人が経営してるうちの一つだけどさ」

「そうなんだ……」

忍は呟いた。たしかにそれでは少し椿が可哀想《かわいそう》な気がした。

忍の誕生日は……とは言っても、本当の生まれた日はわからないので花降楼の楼主《ろうしゅ》に拾われた日なのだが、蘇武はその日をちゃんと覚えていてくれて、お祝いだってしてくれた。

——誕生日おめでとう。忍が生まれてきてくれたことで、私は初めて神様に感謝しているよ……

そう言ってくれて、忍は凄く嬉しかった。もし忘れられていたとしても、怒ったりはしなかっただろうけれど、やっぱりちょっと寂しい気持ちにはなったと思う。

「で……でもお忙しいかたなんだから、仕方ないいんじゃない？　それにクラブって言ったって、ご自分の経営する店ならきっと……」

浮気の類《たぐい》ではなくて仕事だったのだろうし、と言おうとして、忍はふとあることを思い出していた。

「ちょっと待って」

「何」

「椿の誕生日って、たしか一月じゃなかった……？」

それで一月の花である「椿」が源氏名《げんじな》になったのだと、昔聞いたような気がするのだ。

しかし今はもう三月の半《なか》ばを過ぎている。

「そう。それが何か？」

「だって今、御門様が誕生日を忘れてたって……」

「だーから」

と、椿は言った。

「俺のじゃなくて、あの人自身の誕生日」

＊

忍の家を訪ねる前日の夜。

椿は特別な酒を用意して、御門の帰りを待っていた。

色っぽい長襦袢《ながじゅばん》と、仕立て上がったばかりの新しい着物を纏い、料理は早くから若い衆たちを指揮《しき》してつくらせたとびきりのものだ。

(お祝いなんかしてやったら、いい気にさせるかも)

と思いつつ、

(ま、いっか。……一年一度だし、喜ばせてあげても)

と思う。

椿が花降楼から請け出され、御門組組長・御門春仁《はるひと》の本宅で暮らしはじめてから、数ヶ月が過ぎていた。

椿はひさしぶりの娑婆《しゃば》がめずらしく、買い物に遊びにとあちこちを飛び回る日々だ。一《いち》義会《ぎかい》関係のごたごたが完全に収まったとは言えず、一人では外に出してはもらえないが、忙しくてあまりかまってくれない御門のかわりに、組の若い者を護衛《ごえい》に連れ回していた。

屋敷に住み込んでいる若い者たちや出入りする舎弟《しゃてい》たちも、御門が色子を身請けしてきたことに戸惑《とまど》わないわけはなかったが、椿のあまりに悪びれない態度に度肝《どぎも》を抜かれたのか、それとも椿が御門組の上部組織である一義会の元会長代行の小指を落とし、鯉《こい》の餌《えさ》にしたという噂が広まっていたためか、さほどの抵抗もなく受け入れてくれた。――もっとも、そうじゃなかったとしても椿は気にしなかっただろうけれども。

（……にしても、遅い）

と、椿は呟く。

――今日は早く帰ってきてね

（って言ったのに）

――めずらしいな。おねだりでもあんのか？

と返されてぎくりとしつつ――ちょうどいいから、ついでにおねだりをしよう、という計画もあるにはあったのだ。けれど椿の中では、それとこれとは別腹《べつばら》だった。ちゃんとお祝いをしてあげようと思っているのに。

（こんなに支度《したく》して待ってるのに）

料理も酒も、御門が帰ってくれれば、すぐに温め直して出せるように手配してある。

御門組の組長でもあるが、表向きは実業家でもある御門は、最近とても忙しそうだ。仕事ならしかたないけど。

（まさか、どこかよそへ行ってるんじゃないだろうな）

時計を見上げれば、今にも日付が変わろうとしている。

（明日になる瞬間に、真っ先におめでとうって言いたかったのに）

表が騒がしくなったのは、そのときだった。

（あ、帰ってきた！）

椿はばたばたと玄関へ駆け出す。二人の住居部分は、巨大な本家の建物の中の、一番奥にあった。

「お帰り！」

そしてその途端《とたん》、眉間《みけん》に皺《しわ》を寄せた。

御門は明らかに酒を飲んでいたし、微《かす》かに香水の匂いさえさせていたからだ。

「ただいま、椿。どうした？　今日はえらく綺麗じゃねーか」

揶揄って手を伸ばしてくる御門から、椿はつんと顔を背けた。

そして改めて正面から見据《みす》える。

「早く帰って、って言ったでしょう」

「うん？　そうだったか？」

（忘れてる……！）

椿は愕然とした。

「こんなに遅くまで、いったいどこへ行ってたんです？」

「銀座のうちの店」

（……って、それクラブじゃんか……!!）

まったく悪びれもせず……と思うと、こめかみにぴくぴくと青筋が立つ。

それを見て、御門に付き従っていた住み込みの若い衆たちが、そうっと自分たちの部屋のほうへ引き上げていくのが目の端《はし》に映った。

しかし御門は気にしていない。

「仕事で立ち寄ったら誕生祝いしてくれるって言うから、ちょっと飲んできた。そういや明日俺の誕生日だったんだよな。おまえ覚えてたか？」

靴を脱いで上がりながら御門は言った。この科白《せりふ》で、椿の怒りは頂点に達した。

「もう今日ですっ!!」

椿は怒鳴《どな》り、きびすを返した。

「おい、椿？」

御門の追ってくる声も無視して廊下《ろうか》をずんずんと大股《おおまた》で歩き、奥の部屋へと戻る。

そして和簞笥《わだんす》から畳紙《たとうし》に包まれたみちゆきを取り出すと、ばさりと音を立てて羽織《はお》った。釦を留《と》め、姿見《すがたみ》に映して確認する。こんなときでさえ、我ながらうっとりするような姿だ。

「何やってんだ？　おまえ」

御門が入り口の襖《ふすま》に凭《もた》れ、煙草に火を点《つ》けながらのんびりと聞いてきた。

椿はそれをじろりと睨《にら》みつけた。

その場に正座をし、いつかテレビで見た作法のとおりに三つ指をつく。そして、異様な行動にさすがにぎょっとしている御門に向かって、頭を下げた。

「長い……いや、短いあいだでしたが大変お世話になりました……！　実家へ帰らせていただきますっ」

「はあ？」

御門はまさに鳩《はと》が豆鉄砲《まめでっぽう》を食ったような顔をする。

「実家あ？」

椿はふたたび立ち上がり、御門の前を通り抜けて表玄関から飛び出した。

＊

「実家に帰るって……あるの、実家」

椿の話を聞いていた忍は、つい口を挟《はさ》んだ。棄《す》て児《ご》だった忍には勿論《もちろん》実家などないが、その点は椿も一緒だと思うのに。

「……ないけど」

と、やはり椿は答える。

「でも、そういうふうに言うのが娑婆の仁義《じんぎ》ってもんなんだよっ、家を出て行くときには‼ ちゃんとてれびで見たんだから！」

「そうなんだ……」

なんとなく変だとは思いながら、忍は納得する。

吉原を出たばかりの二人には、まだまだ娑婆のいろいろなものがめずらしくてならないのだ。先刻の愛妻弁当のことといい、虚構《きょこう》とわかっているつもりでも、画面の中の儀式を真《ま》に受け、つい実行してしまうようなところが、忍にも椿にもあるのだった。

「忍も覚えておいたほうがいいよ？」

椿は真顔で言ってくる。

「えっ……俺は」

蘇武の許《もと》を飛び出すことなどとても考えられない忍には、必要のない科白だと思う。

（……だけど、もし……）

もしも本当に蘇武の縁談が纏《まと》まるようなことがあったら。

優しい蘇武は、忍にこの家を出て行けとは言わないかもしれない。結婚しても、忍は忍で囲っていてくれるかもしれない。でも、蘇武を誰かと共有することに、忍自身は耐えられるのだろうか……？

想像しただけでも胸が潰れそうな痛みを、忍は覚えてしまう。

「……だいたいさ」

椿は唇をへの字にして話を続けていた。

「覚えてたか、ってひどいと思わない？　去年の誕生日だって見世《みせ》で盛大《せいだい》にお祝いしてあげたのに、忘れてるのはどっちだって言うんだよ。──って、聞いてる？」

「あ、うん……」

椿の問いかけに引き戻され、忍は自身の懊悩《おうのう》から無理矢理目を逸《そ》らした。

「椿、お誕生日にまでお金を使わせてたんだね……」

そう返すと、椿は言葉を詰まらせた。

見世でお祝いをしてあげたということは、つまりはそういうことなのだ。宴《うたげ》が盛大であればあるほど、誕生日である御門本人が多額の費用を持ち、椿に花代《はなだい》を入れてくれるということになる。まれにそういうときには奢《おご》ったりする娼妓もいるが、椿がそんなことをしたとも思えなかった。

「うるさいな、気持ちの問題だからいいの！」

自棄のように言う椿に、忍は苦笑した。

「忘れたって言ってもご自分のお誕生日でしょう？　椿の誕生日を忘れてたっていうんじゃないんだから、そんなに目くじら立てなくても」

「だってせっかく支度して待ってたのに、お……女と遊んで鼻の下伸ばしてたなんて」

「気持ちはわかるけど……」

忍だって、蘇武が他の子に親切にしているのを見て、何もないとわかっていてさえ嫉妬《しっと》してしまったことがある。今だって、きっと何かの間違いだと思いながらも、見合いのことで心を痛めずにはいられないのだ。椿の思いは他人事ではないのだけれど。

それでも、御門が椿をどんなに気に入っていたかを知っているためか、彼がクラブで飲んで来たからと言って焼き餅《もち》を妬《や》く椿は、忍にはなんだか微笑ましく思えた。

「鰻《うなぎ》の蒲焼《かばやき》きとかレバニラとか麦とろご飯とか、牡蛎《かき》に雲丹《うに》にスッポンのスープにスッポン酒まで、凄《すご》い一生懸命用意して待ってた俺が馬鹿みたいじゃんか……！」

「……変わった取り合わせだね……」

憤然《ふんぜん》と愚痴《ぐち》を零《こぼ》す椿に、忍はつい呟いてしまう。

「そういうのが御門様の好物なの？」

「全然。でもせっかく精……」

「え？」

聞き返すと、椿は何故だか頬を赤らめて、こほんと咳払《せきばら》いをした。

「とにかくっ、この頃、忙しくて疲れてるみたいだから、元気になってもらおうと思ってさ。だから精……じゃなくて、ええと、体力回復に効くものばっかりそろえたのに。……あ、別に普段のあれに不満があるわけじゃなくて特別な日だからあの人にもいろいろたっぷり……」

「あ」

もごもごと椿の口の中に消えてしまってよく聞こえなかった最後のほうの言葉で、忍にもようやくぴんと来た。

ではあのお土産《みやげ》のお酒も、そういう意味でくれたということなのだろう。思い至ると、ぽっと頬が熱くなってしまう。

「……椿、御門様のこと、考えてあげてるんだ……」

「ま……まあね」

椿もまた微かに頬を染め、照れをごまかすように続ける。

「それなのにあの人ときたら、まったく……！　母さんの言ったことは本当だったね」

「お母さんの言ったことって？」

「やくざが優しいのは口説《くど》くときだけ。釣った魚に餌はくれない。騙《だま》されちゃだめ」

忍は軽く噴《ふ》き出してしまった。

「でも、餌をくれないなんて言ったら御門様が可哀想だと思うけど。その帯留《おびど》めとか……椿に凄くよく似合ってて綺麗だし」

「あ、これ？」

忍の言葉で、椿はころりと笑顔になった。

「いいだろ。こないだ買ってもらったんだ」

言いながら、椿は外して見せてくれる。手渡されたそれは親指ほどの大きさもあり、紅《あか》い宝石で椿の花を象《かたど》ってあった。

「凄く綺麗……これまさかルビー？」

「ううん。石榴石《ガーネット》。誕生石だからさ」

椿の花の細工《さいく》はみごとで、あまり宝石に興味のない忍でもうっとりと眺めてしまう。

「誕生日にもらったんだ。それからこの着物はねえ、……」

椿は喜々《きき》として、着物は、みちゆきは、と語りはじめる。忍は苦笑しながら聞いていた。

(椿、嬉しそう)

綺麗な着物や装飾品が大好きなのも、椿くらいの容姿をしていたら当然だと思う。

(本当によく似合ってるし)

(……俺もこれくらい綺麗だったら)

不安にならずにいられるのだろうか。ついまた卑下《ひげ》してしまいそうになるのを、忍は振り払おうとする。

「……で、買ってもらったんだけど、やっと仕立て上がってきて……」

ひとしきり語ったあと、椿ははっと唇を押さえた。そして照れたようなばつの悪そうな顔で、

「も……物をくれればいいってわけじゃ」

取って付けたように言う。そんな椿は、なんだか妙に可愛くて、忍は微笑した。

「贅沢させてもらうのも、愛されてる証拠だと思うけど。クラブに行ったのだって、気になるのはわかるけどお仕事なら……。従業員の人からお祝いさせてくださいって言われたら、無下《むげ》にもできなかったのかもしれないし、鼻の下を伸ばしてたわけじゃ……」

忍は見世にいた頃、何度か御門にも会ったことがある。彼の華やかな座敷の隅《すみ》で御相伴《ごしょうばん》に与《あずか》ったこともあったし、名代《みょうだい》で酒の相手をしたこともあった。稼《かせ》ぎが悪くてなかなか満足に食べることもできなかった忍にとって、それはずいぶんありがたいことだった。

そしてまた、椿にはわかりにくかったかもしれないけれど、御門が椿のことをとても可愛がって、大切に考えていたことも感じていたから、忍はなんとなく御門の味方になって取りなそうとしてしまう。

「わ……わかるもんか」

けれど椿は拗《す》ねたように頬を膨《ふく》らます。

「見世にいた頃なんて、おまえにもでれでれしてたくらいなんだから……」

「ええ？」

忍は一瞬呆気《あっけ》に取られた。どうしてそういうことになるのかと考え、思い当たって可笑《おか》しくなる。

「名代に入ったときのことを言ってるんなら……御門様は椿のことばっかり話してたんだよ。あの人は、本当に椿のことが大好きなんだって思ったよ。見た目はちょっと怖いけど、本当は優しくて、いい方だと思うけど」

椿は仏頂面《ぶっちょうづら》でうつむく。けれどその顔は目元まで赤くて、照れているのだとわかる。

「そう思う……？」

「うん」

（……可愛い）

忍はつい微笑を浮かべてしまう。

「御門様は、椿がここにいるって知ってるの？」

椿は左右に首を振った。

「御門様に電話して、居場所だけは言っておけば？　きっと心配してると思うから」

「……。うん……」

説得のかいがあったのだろうか。嫌がるかと思った椿は、意外にも素直に頷いた。

忍は立ち上がり、部屋の隅から子機を持ってきて手渡す。

そのときふと思い至ったことがあった。

「そういえば椿、家出してから直接うちへ来たの？」

それにしては時間が合わないような気がしたのだ。

先刻の椿の話によれば、家を飛び出したのは真夜中だったことになる。この家を訪れたのは昼頃だから、そのあいだの半日、どうしていたのだろう？

（それに、うちに来たときなんとなく着物が着崩れしてたっけ。あれはどうして……）

禿《かむろ》の頃から何年も着物の暮らしをしてきて、ちょっとやそっとでは乱れないようにきちんと着付けることなど、お手の物のはずなのに。

「……椿？」

黙り込み、心なしかふるふると震えてさえいる椿に気づき、忍は首を傾《かし》げた。

「……忘れてた」

「え？」

椿は低い声で言った。

「俺が怒ってる理由は、それだけじゃなかったんだ……っ」

そして受話器を握り締めたまま、家を飛び出したあとのことを話しはじめた。

【2】

頭から湯気を立てた椿が、既に自室へ逃げ込んでいた舎弟の一人を叩き起こして車で送らせたのは、吉原大門の前だった。

実家――とは呼べないが、椿にとっての吉原は、実家に近いもの、とは言えたかもしれない。

「ご苦労様。帰っていいよ」

軽く言い渡して、躊躇《ためら》いもなく門の中へ入る。御門に身請けされてから、この大門をくぐるのは勿論初めてのことだった。

(懐かしい……)

椿は空気を胸一杯に吸い込んだ。

決して未練があるわけではないが、椿にとってはそう悪い思い出のある場所でもない。

七年以上も暮らした色街は、やはり懐かしい土地だった。

(見世のみんなはどうしてるかな?)

特に仲のいい妓はいなかったのだが、それでも顔を見たい気持ちはある。

椿は花降楼へ向かって仲の町通りをぶらぶらと歩きはじめた。

真夜中とはいえ、遊里《ゆうり》にとっては宵《よい》の口も同然。どこの張り見世にもまだ何人もの娼妓たちが並び、華を競《きそ》っていた。

煌《きら》びやかな装飾品や食べ物などを売る店も開いていて、椿はつい、あちこちに立ち寄ってしまう。そして気に入った簪《かんざし》を購入しようとして、金子《きんす》を持っていないことにはたと気づいた。

（そうか……巾着《きんちゃく》を持ってくればよかった）

身請けされて以来、買い物といえば御門と一緒に出かけるか、組の若い者に供《とも》をさせるかだった。そうでなければ家に外商などが訪れるし、あまり椿自身が現金をさわることもなくなっていたから、すっかり失念していた。

御門がいればねだれるのに、と思い、登楼《とうろう》した彼を送って何度もこのあたりを並んで歩いたことを思い出す。

そしてはっと我《われ》に返った。

（あんな奴のことなんか）

考えてやるもんか、と呟く。

（……あ）

ふと、椿は通りの向こう端を歩いていく、見覚えのある初老の男に気づいた。昔、椿の上客の一人だった会社経営者だ。

ずいぶん貢《みつ》いでくれたし、甘やかしてくれたことを思うと、椿はとても懐かしくなる。おひさしぶりです——と、話しかけようとして、けれどできなかった。彼は一人ではなく、他の色子と一緒だったからだ。

(信じらんない。あんなに俺だけだって言ってたくせに……!)

勿論そんな戯《ざ》れ言《ごと》を真に受けていたわけではないし、身請けされて彼を袖《そで》にしたのは自分のほうなのだ。責められた義理でもないのだが、半年もたたずに別の妓に乗り換えたのかと思うと、ひどく面白くなかった。

結局、声をかけるのはやめ、二人の背中に向かって思いきり舌を突き出す。

そのときだった。

「……椿?　椿じゃねえ?」

すぐ後ろから、自分の名を呼ぶ声がした。

(この声……!)

正直、あまり聞きたい声ではないはずだったが、ひさしぶりなせいか、再び懐かしさが込み上げてくる。

振り向けば、やはりそこにいたのは綺蝶《きちょう》だった。

大門まで客を送った帰りなのだろう。少し崩れた感じの婀《あ》娜《だ》な姿だ。

椿はにっこりと微笑んでみせる。

「おひさしぶり」

「……っていうか、こんなところで何やってんだよ？　身請けされて吉原を出てったはずじゃなかったのかよ」

「そうだけど……」

「もしかして舞い戻って来たのか？　あんなど派手な宴会やっておいて」

「まさか……！」

揶揄ってくる綺蝶に、慌てて否定する。

「ああ、そう。俺はてっきり我《わ》が儘《まま》が過ぎて旦《だん》那《な》に捨てられたのかと」

「そんなわけないだろ……！　……しあわせにやってるよ」

綺蝶は軽く肩を竦《すく》めた。

「だったら、さっさと帰れよ。ここは堅《かた》気《ぎ》になった奴の来るとこじゃねーんだからさ」

そしてじゃあな、と手を振り、あっさりときびすを返してしまう。

「ま……待てよっ……！」

悔《くや》しさというより、この花街自体に突き放されたような寂しさに突き動かされ、椿は思わず引き留めていた。

足を止め、振り返る綺蝶に、椿は言った。

「お……俺だって男なんだから、吉原へ来てもいいはずだろ!?」

それは咄嗟《とっさ》の思いつきだったが、効果は覿面《てきめん》だったようだ。綺蝶はまさに、鳩が豆鉄砲を食らったような顔をした。

「……。じゃあおまえ、色子を揚《あ》げるわけ？」

「え……っ」

そう切り返され、椿は詰まった。正直、想像がつかなかった。見世の色子たちは綺麗どころ揃《ぞろ》いだが、椿にとってはあくまでも元同僚だ。それを、抱く……?

しかしここで怯《ひる》むのは悔しすぎた。椿は精一杯嫌《いや》みな笑みを浮かべてみせた。

「そうだね。じゃあ蜻蛉《かげろう》でも揚げてみようかな」

けれどそう言えば怒るかと思った綺蝶は、一瞬言葉を失ったあと、

「それはちょっと……見てみたいかも」

「はあ……!?」

椿は思わず大声を出してしまう。綺蝶は視線をあらぬ中空へ向け、何ごとか思い浮かべているようだ。そしてちらりと椿へ戻す。

「な……何想像してんだよっっ、この変態っ!!」

「ひでぇなあ。目の保養になるかと思ってるだけじゃねーか。なんていうか……百合《ゆり》百合《ゆり》

しくて」

「百合って……っ、あんた馬鹿じゃないの!?」

憤慨《ふんがい》する椿に、綺蝶は笑った。

「……ま、とにかく、誰にも見つからないうちに早く帰れ。言っとくけど、見世の奴らに会おうなんて考えるなよ」

「余計なお世話だっての。あんたには関係ないだろ」

つん、と椿は顔を背ける。綺蝶はため息をついた。

「ここはもうおまえの来るとこじゃねえって言っただろ？　ここから脱け出したくても脱け出せない妓が今のおまえを見たら、どういう気持ちになると思う？」

椿は反論できなかった。

椿自身は廓の暮らしにあまり悲壮感を持っていなかったから、ただ懐かしくて来てしまったけれど、綺蝶の科白にもたしかに一理あったのだ。身請けされたくてもしてもらえないでいる妓が、見世にはいくらでもいる。足を洗った元娼妓が訪ねたりすれば、見せびらかしに来たのかと受け取られてもしかたがないかもしれない。

（……そんなつもり、全然ないのに）

けれどこの街にはもう、椿の居場所はなくなっているのだ。

そう思うと、ひどく頼りなく、寂しい思いが押し寄せてきた。

「御門の旦那んとこへ帰れよ」

綺蝶の声は、不思議と優しかった。その言葉に、椿は御門に身請けされた頃のことを思い出す。

(春仁と家族になるために、この街を出たんだっけ……)

同じ寂しさを知った二人で、一緒に生きていこうと決めた。

あの日から、御門のいるあの家こそが、椿を迎えてくれる家になったのだ。

(帰ろうかな……)

気持ちが傾《かたむ》く。

「……と、言う暇《ひま》もなく、迎えが来たか」

ふいに綺蝶が漏《も》らした言葉に、椿ははっと顔を上げた。

その途端、大門のほうからゆっくりと歩いてくる御門の姿が目に飛び込んできた。

何故ここがわかったのかと思い、そういえばいつもの習慣で組の車を使ったのだったと思い出す。

(こんな急に……心の準備が)

帰る気になりかけていたとはいえ、まだ決心がついていたわけではなく、椿は反射的に逃げ出そうとする。その首根っこを、綺蝶が捕まえた。

「おひさしゅう」

綺蝶はすぐ傍まで近づいてきた御門に婉然《えんぜん》と微笑んだ。

御門は感心したように綺蝶を眺める。

「今日もまた艶《あで》やかだな」

(……って、何鼻の下伸ばしてんだよ!?)

二人は二、三、言葉を交わした。椿はそのあいだにも逃げだそうとしたが、綺蝶の力は思いの外《ほか》強く、敵《かな》わなかった。

「可愛い仔猫ちゃんですこと」

「いやいや。何しろやんちゃで」

「な……なっ……」

椿を猫に見立てての二人の会話に、抗議の声も言葉にならない。襟《えり》を摑まれたまま引き渡され、椿は御門の腕に抱き取られてしまう。

「よく鳴きますねえ」

「なっ……!」

「いつもは、こんなもんじゃねえけどな」

「そりゃどうも、ごちそうさま」

二人は椿を肴《さかな》に高笑いした。

そして綺蝶は話の区切りがついたところで、優雅にお辞儀《じぎ》をした。

「では、またのお越しの際はご贔屓《ひいき》に」

「またのお越し……!?」

というのは、御門がまたこの吉原に遊ぶときにはという意味だろう。椿は思わずその嫌みを聞き咎《とが》めた。

しかし綺蝶は相手にせず、さっくりと無視して悠然《ゆうぜん》とその場を立ち去っていく。

「さて……と」

御門は椿を見下ろした。

「帰るぜ」

「い、や！」

つんと顎《あご》を背けて、椿は答える。せっかくその気になりかけていたのにこの扱いで、怒りが再燃していた。

「帰らなくてどうする。娼妓にでも戻りたいのか、ん？」

勿論、そんなつもりではなかったけれども、引き下がるのは悔しかった。

椿は売り言葉に買い言葉で答える。

「そうだって言ったら？」

「ほほう？」

御門の瞳が、何か面白い獲物《えもの》でも見つけたように光る。

「だったら……ひさしぶりにそう扱ってやろうじゃねえの」

意地悪く笑ったかと思うと、御門はいきなり椿を肩に抱《かか》え上げた。


「ちょ、どういうつもりだよ!? 放……っ」

「静かにしねえと気づかれるぜ」

笑いを含《ふく》んだ声で囁かれ、はっと唇を噤《つぐ》む。

御門の肩に担《かつ》がれたまま、椿は花降楼の中へと連れ込まれたのだった。

正面から入ってきたわけではない。庭の隅、厨房《ちゅうぼう》の傍《そば》にある、鍵《かぎ》の壊れた裏木戸《うらきど》からだ。けれど一見施錠《せじょう》してあるように見えるそれが実は壊れているなんて、御門は何故知っていたのだろう。つい最近までこの見世に起居《ききょ》していた椿でさえ、知らなかったことなのに。

そろそろ色子たちが客とともに部屋へ引っ込み、人気《ひとけ》のなくなった隙《すき》を縫うようにして、手近な部屋へ身を隠す。昔、椿が使っていた本部屋は既に他の妓のものになっているため、忍び込んだのは廻《まわ》し部屋の一つだ。しかも今夜は殊《こと》に混んでいるのか、割《わり》部屋になっているようだった。

割部屋とは、一つの廻し部屋を屏風《びょうぶ》で仕切り、複数の客と娼妓が使うことをいう。大見世ではあまりしないことだが、それだけにたまにあれば却って喜ばれる向きもあった。

これから誰かが使う予定なのか、それとも予備か、敷かれたばかりらしい褥《しとね》に、御門は椿を押し倒してきた。

「や、やめ……っ冗談じゃ」

抗議しても、聞いてはくれない。

「そういや初めてだな、割部屋は。どうだ？　いつもと違うか？」

耳許で囁いてくる。

「やめてください……！　誰かに見つかったら」

「その前に、変なことを喋ると隣に聞こえるぜ」

「……！」

衝立《ついたて》の向こうからは、あからさまな嬌声《きょうせい》が漏れ聞こえてくる。人がいるのだ。

既に身請けされたはずの椿がこんなところで何をしているのかと問われたら、返す言葉もなかった。

口を噤む椿の着物の裾《すそ》を、御門は割ってくる。

「ほう……ひさしぶりに色っぺえもん着てんじゃねえか。着物の上からじゃ、わからなかったが」

そういえば、誕生日を迎える御門へのサービスのつもりで、椿はひさしぶりに緋襦袢《ひじゅばん》を纏っていたのだった。それなのに――と思うと、ますます悔しさが募《つの》る。

椿は押しのけて逃げようとしたが、中心を握り込まれ、動きを封じられてしまった。

「……っ、……」

そのまま緩《ゆる》く弄《いじ》られる。

「や……っぁ」

「嫌、じゃないだろう。娼妓ならちゃんと感じたふりをして、お客様を喜ばせないと」

唇を噛《か》んで首を振る。こんなところでするなんて冗談じゃなかった。

けれどそう思うのに、慣れた手に擦《こす》られれば、すぐに気持ちがよくなってしまう。

御門は薄く笑った。

「もっとももう、ふり、じゃねえか……」

「……っもう、ばかばかっ」

椿は彼の胸を叩いて押しのけようとする。だが、御門が放してくれるわけはなかった。

暴れる罰《ばつ》のように強く握り締め、椿が息を詰めると、そっと慰撫《いぶ》するように撫でる。

「……っぅっ……ふ」

「……いつもより早く濡れるじゃねーか」

椿は激しく首を振ったが、そのとおりなのかもしれなかった。

見つかってはならないと思うと却って身も心も昂《たか》ぶるのか、先端を濡らしはじめた性器ばかりでなく、乳首まで硬く尖《とが》りはじめていた。

襦袢の上から、御門がそこを噛んでくる。

「アッ――」

かり、と歯を立てられた途端、雫《しずく》を零《こぼ》したのが自分でもわかった。感じやすく開発された自分の身体が恨めしかったが、どうしようもなかった。

――ほら、もうこんなになって
――いやです、そんないやらしいこと、おっしゃっては
隣《となり》の淫《みだ》らな会話が聞こえてくる。

「ほら、もうこんなになって……」

御門はその科白を、わざとそのまま椿の耳に吹き込んできた。

「……っ」

腹立ちまぎれに、また拳《こぶし》で肩口を叩くが、御門はびくともしなかった。暴れる椿の手を掴み、一纏《ひとまと》めに頭の上で押さえつけてくる。

そして昏で笑い、椿の目の前に小壜《こびん》を翳《かざ》してくるのだった。部屋に備えつけの潤滑油だ。

「塗《ぬ》ってくれるか？」

「冗談っ……」

脳天気な要求をしてくる男を睨みつけ、椿は顔を背けた。

もうこうなると、拒絶しとおすことは不可能に近い。早く済ましてもらうほかはないのだが、わかっていてもどうしても言うことを聞くのは嫌だった。

御門は気を悪くしたようすもなく、むしろ楽しげに自身を取り出した。そして片手だけで器用に壜の蓋《ふた》を開け、どろりとした液体をてのひらにたっぷりと垂《た》らして塗りつけていく。まるで椿に見せつけようとでもしているかのようだった。硬く反《そ》り返り、脈打つそれはただでさえ余るほどの大きさがあるのに、彼の手の中で更に質量を増していくような気がする。

椿は何故だかひどく恥ずかしくなる。これを挿《い》れられるのかと思うと、嫌なのに、身体の芯《しん》がずくんと疼《うず》いた。

——あああっ——ああっ……ああっ……！

屏風の向こうからは、激しく抜き差ししているらしい嬌声が聞こえていた。椿は思わず想像して、ぞくりと自分の後孔《こうこう》を引き絞《しぼ》る。

御門はやがて自身の昂ぶりから手を放すと、潤滑剤でぬめる手を椿の中心へと伸ばしてきた。

「やだ……っ」

叫んでも、腰を挟み込まされた両脚を閉じることはできない。

「あぁぁっ——」

御門の太い指が、椿の中へ入り込んできた。

そのまま壁を辿《たど》るように深くしていく。道をつくり、抜き差しして慣らす。関節がくぐるたび、椿はびくびくと跳《は》ねずにはいられなかった。

「う、うっ……ん」

中の指をきつく締めつける。そんなことはありえないのに、指紋《しもん》のざらつきさえ感じる気がする。

「は、あ……っ」

「もう、大丈夫そうだな」

「いや……っ」

そう言ったのに、御門は指を引き抜いた。椿の脚を抱え上げ、挿入《そうにゅう》しようとする。椿は身を捩《よじ》り、這って逃げようとした。

御門はふいに縛《いまし》めていた椿の手を放した。

椿は前のめりに四つんばいになった。再び逃げようとしたが、すぐに捕まって、後ろから着物を捲《まく》り上げられた。先端《せんたん》が押し当てられる。

「んぅ……っ――」

ずるりとそれが挿入されてきた。

その途端、ぱたぱたと褥に雫が落ちた。

「は……あっ……」

隣にイク声を聞かれたくなくて、椿はできるかぎり唇を嚙もうとした。

演技でも嬌声をあげれば、男は喜ぶ。今は御門を喜ばせたくないという気持ちもあった。

けれどそうして意地を張れば張るほど、身体は敏感《びんかん》になっていくような気がする。

「うっ……うぅっ――……ふ、……」

腕で身体を支えきれずに、いつのまにか頬を褥に埋《うず》め、腰だけを高く掲《かか》げる格好になっていた。

御門が抜き差しするたび、接合した部分からぐちゅぐちゅと淫らな音が響く。この音も隣に聞かれているのかもしれないと思う。

こんなことをするなんて、絶対にゆるさない。

けれどそう誓うのに気持ちがよくて、椿の唇からは堪《こら》えきれない喘《あえ》ぎ声だけが漏れ続けていた。

【3】

「それでまた怒って飛び出してきた、と……」

しかも、うたたねしている御門から財布《さいふ》を抜き取って。

電話の子機を壊れんばかりに握り締め、ぷりぷりと怒りながら話す椿に、忍はこっそりと苦笑する。

犬も食わないとはこのことか、と。

「当然だろ。あんなことするなんて……！　忍だったら怒らないわけ!?」

「えっ……」

聞かれて、忍は胸に手を当ててみた。

(貴晃様は、そんな無茶なことはしないと思うけど……)

でもあんなに上品な顔をしていながら蘇武の愛撫《あいぶ》は濃厚だし、信じられないほど淫らなことを忍にすることもあるのだ。

(もし、御門様が椿にしたのと同じことを、貴晃様にされたとしたら)

想像してみるけれどもなんだかどきどきするばかりで、自分が椿のように怒ったとはとても思えない忍だった。

（……だって……貴晃様が抱いてくださったら、いつだって嬉しいし……）

蘇武の接吻や身体を思い出すだけで、忍は頬が火照《ほて》るのを感じてしまう。自分は椿よりいやらしいのかもしれないと思う。

（それに、他のかたのところへ行かれるくらいだったら）

どんなに淫らなことをされたとしても、そんなことで蘇武を引き留められるのならどんなにいいだろう？

ふいに押し潰されるように胸が痛くなり、忍は手にした蘇武のシャツを無意識に握り締めた。

「忍……？」

怪訝そうに椿に覗き込まれ、忍ははっとした。

「あ……ううん」

頭を振り、心に渦巻《うずま》く思いをも振り払おうとする。

「だって椿、御門様のお誕生日をお祝いをしてあげるつもりだったんでしょう？　だったら、……どうせその……」

夜には褥をともにするつもりだったに違いないのだ。精のつく料理まで用意していたのだから当然だった。場所が替わったからといって、それほど腹を立てる必要はないのではないか。

「そ……それはそうだけど……っ、でもそういう問題じゃないだろ!!」

椿はぱっと頬を染め、机を叩いて怒鳴る。

そしてきょとんとしている忍を見て、呆れたようにため息をついた。

「……忍ってやっぱりどっかずれてる……」

「え……そう？　……かな」

忍は首を傾《かし》げた。自《みずか》らを振り返ってみても、自分ではよくわからなかった。

「でもとにかく……そんなに目くじら立てなくても、悪気《わるぎ》じゃなかったんだと思うし、ゆるしてさしあげたら……。御門様に電話だけでも入れたほうが」

ね、と忍は話を引き戻す。椿の手にはまだ電話の子機があり、椿の気分に合わせて、握り締められたり振り回されたりしてきしきし音を立てていた。そろそろ壊れるのではないかとはらはらするくらいだった。

「いや」

と、けれど椿はにべもない。

失敗したな、と忍は思う。うっかりあんなことを聞かなければ、せっかくさっきは椿も御門に電話をする気になっていたのに。

「あ、そうだ」

ふいに椿が顔を上げて言った。

「そういえばさ、見世の裏木戸の鍵が壊れてるって、おまえ知ってた？　そこから連れ込まれたんだけど、俺でも知らなかったことをよくあの人が知ってたもんだと思って、凄い不思議なんだけど」

「あ……」

忍はつい唇を押さえた。

「……どうしたんだよ？」

「え……ええっとその……」

椿の怪訝そうな顔に、怒られそうだなあと上目遣いになりながら、忍は口を開く。

「あの……裏木戸の話を御門様にしたの、俺なんだ」

「ええ⁉」

椿はやはり相当に驚いたようだった。

「おまえが⁉　なんで？　いつ？」

「椿の名代で御門様のお座敷へ上がったときに……」

「そもそもなんでおまえが知ってるんだよ⁉」

「それはその……貴晃様に聞いたから……」

「蘇武様に？」

椿はますます不可解という顔をした。たしかに忍よりも更に知っているのが不思議な人物ではあった。勿論、蘇武が裏木戸の鍵のことに気づいたのは、偶然《ぐうぜん》だったのだろうけど。

忍は、蘇武とは初会の前に見世の庭で出会っていたのだという話を、椿にした。たまたま鍵が壊れていたから彼が庭に入れたということは、あとになって蘇武に聞いた。御門には蘇武との馴《な》れ初《そ》めを聞かれて、つい喋《しゃべ》ってしまったのだ。

「なるほどね……忍があの人に変なこと教えたから、俺がこんな目にあったわけだ」

「ご……ごめん」

あんな他愛《たわい》もない会話がこんなふうに影響することがあるなんて、忍もまさか夢にも思ってはいなかった。

「別に忍が謝らなくてもいいけど。……それにしても」

椿は興味深そうににやにやと笑う。

「どうしてあの蘇武の若様が忍を見初《みそ》めたのかと思ってたけど、そんな運命の出会いがあったとはねえ」

揶揄われて、忍は赤くなった。

あの花降楼の庭での出会いがなかったら、蘇武との関係はありえなかっただろう。その意味で、たしかにあれは椿の言うとおり、運命の出会いだったのかもしれない。

（あの頃は……こんなふうに貴晃様に身請けしていただいて一緒に暮らせる日が来るなんて、夢にも思わなかったな……）

忍はふと思いを馳《は》せた。

蘇武と一夜を過ごせたことさえ夢のようで、二度と逢えるなんて思わなかった。

その頃にくらべたら、今は怖いくらいしあわせだと思う。蘇武が見合い相手と会ったくらいで疑って、落ち込んでいたら、罰《ばち》が当たる。

（でも今まではすべて事前に断ってくださっていたのに、今回だけお会いになるのはどうして？）

「忍？　忍ってば……！」

椿に呼ばれ、忍ははっと我に返った。

「ご――ごめん」

「忍、さっきから絶対変だよ。すぐぼうっとして……。何か、あった？」

「ううん、別に何も……」

忍は笑みをつくり、首を振る。けれど椿はごまかされなかった。

「蘇武様のこと？　もしかして、浮気でもしたとか」

「ま……まさか……！　浮気なんて……」

近いところを突いてくる椿の鋭《するど》さに、忍は動揺してしまう。椿はそれを見逃さなかった。

「そういえば、今日はお休みの日なのに、蘇武様はなんでいないんだよ？」

「あの……休日出勤で……」

「ほんとに仕事？」

その通りだと答えればいいのに、忍は答えられなかった。

「やっぱり浮気なんだ」

椿はため息をついた。表情には蘇武に対する不快感が表れているようで、彼の名誉のために誤解を解《と》かなければと忍は焦《あせ》る。

「ちが……貴晃様はただお見合い相手と……っ」

「見合い⁉」

椿は声をあげる。

失敗した、と思ったが、遅かった。忍はしどろもどろに釈明《しゃくめい》しようとする。

「あの、見合いの話ならいままでにもしょっちゅうあって」

「しょっちゅう⁉　しょっちゅう見合いしてんの⁉」

「ち、ちが……今までは会う前に断ってくださってて、ただ、今日はたまたま……」

「どうして今日だけたまたま？」

「それは……わからないけど……お写真を見て気に入ったんじゃないかって、あのひとの伯母様が……」

そう口にした途端、何だか涙ぐんでしまいそうになって、忍はうつむいた。椿は机を叩いて怒りの声をあげる。

「信じらんない……！　忍というものがありながら浮気なんて……!!」

「だ……だから浮気じゃな……」

「同じようなもんだろ!?　むしろもっと悪いくらいだよ。なんで怒らないんだよ、おまえは……!?」

「だって……っ」

忍は一生懸命反駁《はんばく》しようとする。

「だって……俺は貴晃様のこと信じてるし……っ。きっと何かの誤解か、いろいろ断れなくて仕方なくお会いすることになっただけだと……」

忍を身請けするときに、蘇武は自分のしあわせには忍が必要だと言ってくれた。これまでの人生の中で忍しか好きになったことはない、これからもきっとそうだと言ってくれた。

そういう蘇武を、忍は信じているつもりだった。それなのに。

「でも不安なんだろ……！　でなかったら、そんな顔しないだろ」

「……っ」

蘇武を信じているから、不安になどなってはいけないと思うのに。

椿に指摘され、ふいに蓋をしようとしてきた忍の感情が堰《せき》を切った。

「だって……っ俺なんか、もともと貴晃様にふさわしいなんて思ってないし……っ」

色子として何十人もの男に抱かれてきた身体は決して綺麗とはいえない。しかも忍はお職《しょく》を争うような華やかな美妓でもなかった。あまり可愛らしくもなく、閨《ねや》のこともあまり上手ではないし、誰からも欲しがられない、お茶を挽《ひ》いてばかりいたみそっかすの色子だったのだ。

「……どうして貴晃様が俺なんか見初めてくださったのか、自分でもわからないくらいなんだから……！　椿だってそう思うんだろ？」

先刻、

――どうしてあの蘇武の若様が忍を見初めたのかと思ってたけど、そんな運命の出会いがあったとはね
そう言った椿の言葉の中には、忍なんかを選んだのが不思議だという意味が含まれていたと思うのだ。

今日、蘇武が見合いしている相手は、今まで誰とも会う気にならなかった彼が、写真に惹かれてその気になった相手だという。それくらい美しい女性なら、蘇武はその人を好きになってしまうかもしれない。そしてその人は、蘇武家の正式な妻としてもふさわしい身分のはずだった。

蘇武がもしそういう人を好きになったのなら、その人と一緒になって、新しい温かい家

庭を築《きず》くべきだと思う。

（そのほうが貴晃様のためになる）

人の気持ちが移《うつ》ろうのは生きている限りしかたのないことで、裏切りとは呼べない。

蘇武は優しい男だから、忍を見捨てたりはしないで、ずっと囲い続けると言ってくれるかもしれない。でも、もし蘇武に自分よりももっと好きな人ができたら。

（貴晃様のお邪魔にはなりたくない）

蘇武は以前、自分のしあわせのために忍が必要だと言ってくれた。その言葉が忍はどんなに嬉しかったか知れない。誰からも必要とされることなく生きてきた忍にとって、そのまま死んでしまいたいほどのしあわせな瞬間だった。

だからこそ、そう言ってくれた彼を忍よりもしあわせにできる人が現れたら、せめて自分から身を引かなければならないと思う。

それなのに、考えただけでも忍は崩れてしまいそうだった。

（もし、本当にそうなったらどうしよう）

蘇武の気持ちが他へ移ることに、自分は耐えられるのだろうか？

「……っ、でも……っ」

正直な椿は一瞬詰まりながらも、忍を励《はげ》ましてくれる。

「忍に会うまで誰とも馴染《なじ》みにならなかった男が身請けまでしたんだから、やっぱり忍は特別なんだよ……！」

そうだったら、どんなにいいかと思う。忍は笑おうとした。

「ありがとう」

「お世辞じゃなくて……！」

もどかしげに、椿は言う。

「……なんか……なんだかわかるような気もするんだ。若様が忍を好きになった気持ち。きっとさ、……忍といると心が癒《いや》されるんだと思う」

そう言った椿は、照れたように視線を逸らす。なんの得もなく嬉しがらせを言うような椿ではなく、そしてそれ以上にその表情で、本心から口にしてくれたことがわかる。

「椿……」

忍はまたじわりと涙ぐむ。

「ああもう……！」

椿は自棄のように言葉を荒げた。

「乞《こ》われて身請けされたんだろ⁉　もっと自信持てよ……！　俺ならもし春仁が勝手に見合いなんかしたら、三日は家に入れてやらないよ」

そんなことを言う椿に、相変わらず強気だな、と忍は感動した。御門の屋敷は本来御門のものだろうに、入れてやらない、と椿は言ってしまえるのだ。そして追い出した男が他の誰かの部屋に泊まるかもしれないなどということも、考えもしない。そんな椿が眩《まぶ》しかった。

反面、三日たったら入れてやるのか、とも思う。別れることなど欠片《かけら》も考えていないのは、椿なりの愛情なのだろう。なんだか微笑ましかった。

そして親身《しんみ》になってくれる椿の気持ちが嬉しくて、忍はまた泣いてしまった。


今日は早く帰ると言ったとおり、忍が夕食を作り終えるか終えないかのうちに、蘇武は帰宅した。

――そんな男のために、何も作ってやることなんかないのに……！

と、文句を言いながらも、一宿一飯《いっしゅくいっぱん》の義理だからと料理は椿が手伝ってくれた。意外にも手際《てぎわ》がいいのに、忍は驚いた。

――椿も御門様のために御飯つくってるの？

――ううん。うちは大所帯《おおじょたい》だから、組の若い子が交代でやってるけど
と、自分も変わらないくらい若いだろうにそう言う椿は、もうそれなりに御門組の姐《あね》としての重みが備わりつつあるのだろうか。

——もっと昔にね、母さんが料理なんか全然しない人だったから俺が作ってたんだ。誰に習ってたわけでもないから、簡単なものしか作れないけど

意外な椿の過去だった。

門扉を解錠する音がすると、忍は跳ねるように玄関へ向かった。椿の呆れたような視線が目の端に入ったけれども、足は止まらなかった。

客は門のベルを鳴らすが、蘇武は運転手に鍵を開けさせて入ってくる。その音はインタホンを通して家の中に聞こえるようになっていた。

玄関の内鍵を開けて蘇武の姿を見つけた途端、忍は泣きだしそうになってしまった。もしかして、帰って来てはくれないかもしれないなどと、どこかで思っていたのだろうか？

「……お帰りなさい」

「ただいま」

蘇武はいつものように微笑む。そして彼は忍の頬に手を伸ばしてきた。

「……忍……？」

怪訝そうに覗き込んでくる。

「どうした？　泣いているのか？」

「え……？」

忍は慌てて目許を拭った。

「何かあったのか？」

「……いいえ」

忍は首を振った。一瞬、真実を聞いてみることを思ったが、結局口にできなかった。聞くのが怖かった。

「だったら具合でも悪いんじゃないだろうね？　なんだか顔色も少し……」

「そんなことありません」

心の曇りが表情に出てしまっていたのだろうか。忍はまた首を振る。

「そう？　だったらいいけど、忍はあまり丈夫じゃないんだから気をつけるんだよ。少しでも変だと思ったらすぐ横になって、かよさんを呼んで」

かよというのは昔からこの家に仕《つか》えている使用人で、運転手の妻でもある老女のことだ。

蘇武の優しい言葉に、忍はまた切なくなるのを一生懸命堪えて微笑した。

「はい。でも大丈夫です。貴晃様がお帰りになったのが嬉しいだけです」

「忍はだいぶ口が上手になったね」

「違います。本当です」

いつだって蘇武が帰ってきたときは嬉しいけど、今日こそは本当に嬉しかった。他のどこでもなく忍の許へ戻ってきてくれて。

「忍」

蘇武の口づけが降りてくる。軽く唇を食《は》み、じゃれるように頬から首筋へと顔を埋めてくる。

「あ……貴晃様……だめ」

忍は身を離そうとした。けれど手にはあまり力が入らなかった。彼の手が触れるのが嬉しいと全身が言っているみたいだった。

その腰を強く抱き寄せられる。

「そんな可愛いことを言われたら、こうせずにはいられなくて当然だろう？」

「あん……っ」

玄関先で……しかも椿がいるのに、と思う。

そうでなければ――否、見られてもかまわないから、このまま流されてしまいたいけど。

「だめです、ってば、椿に聞こえます……っ」

蘇武を一生懸命押し返しながら、忍はやっと言った。

「椿？」

吐息をつく忍に、蘇武が聞き返してくる。

「椿が……遊びに来てるんです」

忍はまだ少し喘ぎながら答えた。

「椿……というと、花降楼の……？」

「ええ」

何度か話をしたことがあるのを、蘇武は覚えていたようだった。

「そう。友達が来てくれたのか。よかったね」

「はい」

蘇武の手が離れていくのを少し寂しく思いながらも、忍は微笑んだ。

*

（もう聞こえてるから。……っていうか見てるし）

その頃椿は、襖の陰《かげ》から覗きながら、こっそりと突っ込みを入れていた。

いけないとは思いつつ、つい気になって、忍が襖を開けっ放しで飛び出して行ったのをいいことに玄関のほうを覗いてみれば、こんなことになっていたのだ。

（なんだかんだ言って、いちゃついてるんだから）

「……だめですってば……」

喘ぐようにそう言う忍の声の甘い響きが、御門と離れている椿をちくちくと刺激する。

（べ……別にうらやましくなんか）

ただ呆れているだけなのだ。

見合いのことを問いつめて詰《なじ》ろうとしない忍に。

(まったく、何やってるんだか)

とはいうものの、

——よかったね
と言う蘇武の声は優しかった。遊廓時代の友人が訪ねてくるなんて、旦那である彼にとっては——しかもしかるべき地位にいる者としては、本当ならあまり嬉しいことではないだろう。それなのに、忍のために喜んでくれている。

いい人ではあるんだろうな、と椿は思う。

「でも……あの」

どこか艶《つや》めいた声で、忍は続ける。

「椿、御門様と喧嘩して飛び出してきたみたいで」

「え……」

忍に事情を聞いて、蘇武は絶句する。

(そんなことは話さなくていいのに)

とはいうものの、黙っているというわけにもやはりいかないだろうか。

「今夜のところは泊まっていってもらってもいいですか」

「勿論かまわないよ。ご自宅には連絡したの？」

「まだ……。するように言ってはみたんですけど」

「あちらでは心配しているだろうな。電話だけは入れてもらうようにしなさい」

「もう一度言ってみます。でも、椿が承知するかどうか……」

「だめだよ」

困り倦《あぐ》ねる忍に、蘇武は強く言った。

「椿さんが嫌がっても連絡だけは入れないと。私なら、忍の居所《いどころ》がわからなくなったら、きっと死ぬほど心配する」

蘇武のその言葉は、椿の胸にも少し響いた。

忍というものがありながら他の女性と見合いをするような男ではあっても、彼は忍のことを大切に思ってはくれているらしい。

(春仁は俺のこと、そんなには心配してないと思うけど……)

でもやっぱり電話ぐらいは入れておくべきだろうか。

部屋の隅にある電話機を見ると、なんとなく気持ちが引きつけられる。忍たちにあてられたのか、御門の声が聞きたくなっていたのかもしれなかった。

(別にね、うらやましいってわけじゃないけど)

時間がたって、だいぶ怒りも収まってきたのもあるだろう。それに、他の女と見合いされることに比べれば、御門の罪はだいぶ軽いとも言えたのだ。

椿はそっと立ち上がり、再び子機を取り上げた。ごくりと唾液《だえき》を飲み込み、自宅の番号を押そうとする。

逆に呼び出し音が鳴りはじめたのは、その瞬間だった。椿は反射的に受けてしまう。

「は、はいっ……えと、蘇武ですっ……」

『――椿か』

聞こえてきた低い声に、心臓が跳ね上がった。御門の声だったのだ。

『やっぱりそこにいたのか』

どうしてわかったのだろう。

（そういえば……いつか忍を訪ねようと思って、前に蘇武様の住所と電話番号を調べてもらったことがあったんだっけ……）

そのだいたいの住所の記憶を頼りに、椿はこの屋敷へ来ることができたのだ。

考えてみれば、椿には他に友達がいない。御門がここを疑うのは当然といえたかもしれなかった。

一応捜してくれていたのかと、ちょっと気持ちが浮き立つ。けれど、

『今迎えをやる。帰ってこい』

御門のその言葉に、神経を逆撫《さかな》でされた。せっかく収まりかけていた怒りに、また火が点いたのだった。

「迎えをって、自分で来ないつもりかよっ⁉」

『椿……あのな』

「ぜーったい、帰らないから‼」

御門が何か言いかけるのを遮《さえぎ》って、椿は怒鳴った。通話を切り、子機を座布団《ざぶとん》に叩きつける。

そしてはあはあと肩で喘ぎながら、人の気配にはっと顔を上げた。

襖の傍に、蘇武と忍とが立ちつくしていた。

「お……お邪魔してますぅ……」

椿はひきつった笑みを浮かべ、蘇武に挨拶した。

「……とにかく、これでもう心配してないと思います」


食事の最中も、小皿に料理を取り分けたり醤油《しょうゆ》を渡したり、忍は甲斐甲斐《かいがい》しく蘇武の世話を焼いていた。

商売でもないのによくやる、と椿は思う。けれどそう言っても、忍は自分がしたいからしているだけだと答えるような気がする。

（あんまり甘い顔すると、男はつけあがるのに）

そもそも見合いのことは気にならないのだろうか。

そんな忍を、蘇武はとろけるような優しい目で見つめている。裏切り者とは思えないような温かさが、椿は不思議だった。

手前みそながら料理はまあまあで、それなりに満足して満腹になる頃には、机の上の皿もあらかた空《から》になっていた。

忍が空《あ》いた皿を引き、座卓の上を片づけていく。椿は一応手伝いを申し出たが、

「いいから座ってて。椿はお客様なんだから」

忍はそう言うと、台所へと姿を消した。

あとには蘇武と椿とが二人で座敷に残された。

「さて、と……」

襖が閉まると、蘇武が言った。

「そろそろ聞かせてくれるかな。会ってからずっと君が私を睨《にら》んでいる理由を」

「えっ――」

椿はぎくりとした。陰では忍を裏切っておきながら、表面では優しく振《ふ》る舞《ま》う蘇武の真意《しんい》を探りたくて、ついじっと見つめてしまっていたのだ。こっそりのつもりだったが、蘇武には気づかれていたようだった。

「……ばれちゃあしようがないかな」

忍は吐息をつき、再び正面から蘇武を見つめた。

「今日、仕事だなんて嘘ついて、どこに行ってたんですか？」

「えっ……？」

「浮気、いやお見合いしてたんですよね……!?」

突きつけると、蘇武は目を見開いた。

「どうしてそれを」

「忍から聞いたんです」

「忍から……!?　忍が知っているのか」

「ええ」

椿が答えると、蘇武は深くため息をついた。

「なるほど、それでか……。だけどどうして忍が知ってるんだ」

「伯母さんから聞いたって言ってましたけど。いつも見合いはすぐに断ってるのに、今度だけは写真を見て気に入ったから、いそいそとお相手に会いに行ったたって」

いそいそと——とは忍は別に言っていなかったけれど、椿は敢《あ》えて嫌みに付け加える。

蘇武は頭を抱えた。

「なんなんだ、それは……」

「忍というものがありながら、よくもそんなことができましたね」

「誤解だ。私も引っかかったんだ……！」

蘇武は反駁《はんばく》した。

「でもそれでよくわかった。何故今日に限って忍もなんだかおかしかったのか……。話してくれてありがとう。君が話してくれなければ、ずっとわからないままだったかもしれない。忍は何でも内《うち》にしまい込んでしまうほうだから……」

蘇武は椿に向かい、頭を下げた。

「あの……」

責めている相手に素直にお礼を言われ、椿は戸惑う。

「よかったら、これからも遊びに来てやってください。忍も喜ぶから」

見合いの件は、何かの行き違いだということなのだろうか。

どういう経緯《いきさつ》なのかよくわからないなりに、蘇武が忍のことを大切にしようとしていることだけは伝わってくる言葉だった。椿は胸が温かくなった。

「……忍のこと、本当に好きなんですね」

「ああ、勿論」

「忍……明るくなりましたよね」

それは再会してすぐに気づき、驚いていたことだった。蘇武は嬉しそうに微笑《わら》う。

「そう思うかい？」

「ええ。見世にいた頃に比べて、凄くよく笑うようになったし、喋るし、それに綺麗になったかも。……蘇武様に可愛がられて、しあわせなんですね」

「そう言ってもらえて嬉しいよ。忍は私の宝物だから」

あまりにぬけぬけと言われ、椿は開いた口が塞《ふさ》がらないような気持ちになる。

言葉を失う椿に、彼は言った。

「君も、昔から美人だったけど、前よりも華やかになったね」

「お上手ですこと」

けれどそうお世辞を言われたときには思わず高笑いしそうになってしまった。

(だって春仁は滅多《めった》に言ってくれないし)

組の若い者も無骨《ぶこつ》で、あまり気の利《き》いたことを言う男はいない。正直、少し物足りなかったのだ。

「しあわせに暮らしてるんだろう？」

「……まあ」

「彼が自分で迎えに来ないのは、私に気を遣《つか》ってくれたんじゃないかと思うよ」

「え……？」

ふいにそう言われ、先刻の御門との電話のことを言っているのだと思い至《いた》る。ほとんど聞かれていたのかと思うと、急に気恥ずかしくなる。

「今、一義会はまだいろいろ大変なところなんだろう？」

「あ……」

言われてみればたしかに、一義会の跡目《あとめ》を巡《めぐ》る件は一応はけりがついたとはいえ、完全に終わったわけではなかった。現会長の病状は今のところ安定してはいるが、いつ急変するとも知れず、また水面下で不審な動きをしている者もいないではないようだった。

そういう状況下で御門が不用意に蘇武家を訪ねれば、なんらかの迷惑がかかる可能性があった。

指摘され、ようやくそのことに考えが及んだ。

反射的に激怒してしまった自分を省《かえり》みて、椿はうつむく。

門扉のベルが鳴ったのは、そのときだった。

台所のドアホンで対応している忍の声が、ぼそぼそと漏れ聞こえてきた。やがてその声がふいに大きくなる。

「御門様……⁉」

（えっ）

椿は思わず顔を上げた。

玄関を開けて、忍が迎えに出て行く気配がする。

「……お出ましのようだね」

蘇武が微笑んで、腰を上げた。彼はゆっくりと玄関へ向かう。

椿はいそいそと出て行くのも躊躇《ためら》われ、耳をそばだてて気配を窺《うかが》った。

「御門様……！」

その途端、悲鳴のような忍の声が響いた。

椿は思わず立ち上がった。

廊下へ出ると、開け放された玄関の向こう、門のすぐ内側で、てのひらで唇を覆《おお》って立ち尽くす忍の姿が見えた。

椿は心臓が止まりそうになりながら、無意識に走り出していた。

玄関を飛び降り、敷石《しきいし》の上を駆け抜けて門の外へ出る。

そこには、腕から血を流しながらも襲撃者を足下《あしもと》に這《は》いつくばらせた御門がいた。

「春仁……！」

椿は思わず叫ぶ。

御門は椿のほうへ視線を落として言った。

「帰るぞ、椿」

目立たないよう、御門はごく普通のセダンで、組員を一人だけ連れて蘇武家を訪れていた。

そして車を降りたところで鉄砲玉に襲われ、逆に仕留《しと》めたのだった。

前の事件の残党が、御門の屋敷を張り込んで隙を窺い、つけてきたらしい。

御門の傷はたいしたことはなく、家へ連れ帰られた椿がその手当てをした。

実際に負傷した御門を見ると、自分の浅慮《せんりょ》が悔《く》やまれてならなかった。一歩間違えば、どんなひどい結果を招いたかもしれないと思うと。

「ごめんなさい……こんな時期に」

「別に、こんな時期……なんてほど状況が悪かったわけじゃないさ。こういう事態になるとは、俺も予想してなかったしな」

「でも……っ」

言い募《つの》ろうとした椿の手を、御門は摑んで引き寄せた。椿は御門の膝に半ば乗るようにして抱かれるかたちになる。

「悪かったな」

「そ――それは俺の科白」

「誕生日だなんてクラブで言われるまで忘れてたし、おまえが祝ってくれるつもりだとは思わなかったんだ。もう客でもないしな。今朝戻ってから、おまえが一生懸命支度して待ってたって聞いて……」

子供っぽいお祝いの計画がだめになって——しかもクラブの女に持って行かれたことで怒っていたのだとすっかり御門にばれてしまい、椿はかっと赤くなるけれども。

「……けっこう嬉しかったぜ」

御門にそう言われ、胸がじんと疼《うず》いた。

「……もういい。俺もつまんないことで怒っちゃって……」

怒りが収まると、本当に些細《ささい》なことだったような気がするから不思議だった。椿は首を振り、御門の肩に顔を埋めた。

「あのさ……」

「うん？」

「忍のところに行ったら、忍が凄く頑張ってて……蘇武の若様のために料理を覚えたり、繕い物までしたりしてたんだ」

「へえ」

忍だって、いくら見た目が家庭的でも幼い頃からの廓育ちで、包丁《ほうちょう》など握ったこともなかったはずだった。台所仕事を覚えるのは大変だっただろう。それにあの家だって、とても丁寧《ていねい》に手をかけているのだと思う。静かだけれどなんとなく温かくて、綺麗に片づいていていい匂いがした。

「きっと蘇武様のために居心地のいい家をつくってあげようとしてるんだと思う」

不実な男のために馬鹿みたいだと最初は思ったけれど、結局は蘇武も忍のことを大切にしているとわかったし、あの二人はあの家を家庭としてこれからも睦《むつ》まじく暮らしていくのだろう。

（そういえば……若様がどういう事情で見合いしたのか聞かなかったな。結局はあれも、犬も食わないやつだったみたいだけど）

今度また遊びに行ったら、突っ込んで揶揄ってやろうと椿は思う。

「あなたも忍みたいなこと、して欲しい？」

椿だって料理をしたり、掃除をしたりがまるでできないわけではなかった。他に率先《そっせん》してやってくれる若い衆がたくさんいるのに手を出すほど好きではなく、どちらかといわなくても、何でもやってもらってちやほやされているほうが、ずっと好きなだけだ。それに実際、御門の家には常に組の若い者が起居《ききょ》していて、椿一人では賄《まかな》いきれないほどの大所帯でもあったのだ。

でも、御門が望むのなら、少しくらいはやってみてもいいと思う。

「それはそれで面白そうだな」

御門は笑った。

「とんでもないおねだりがあとで待っていそうだが」

「もう……！　俺はあなたに、家に帰ってくるのが楽しいって思ってもらいたいから言ってるのに……！」

睨む椿に、御門はけれど目を細めた。

「おまえがいるだけで楽しい」

「ほんと……⁉」

「ああ。おねだりに成功したときだけは、本当に可愛い顔をするしな」

「だけ⁉」

御門はまた笑う。

「それに……尽くしてくれるつもりだったんだろう。精のつくものばっかり用意して」

「そ……そういうのじゃなくて……！」

今さらそのことを持ち出され、椿の頬は激しく熱くなった。

「……俺も何か、あなたの役に立つようなことがしたいっていうか……」

「もう立ってるさ」

唇が降りてくる。軽く啄《ついば》んで、離れる。

「それじゃ……改めてご奉仕してあげます」

椿は御門の首に腕を回し、抱き締めて囁いた。

【4】

そうして忍は蘇武とともに、椿たちが帰って行くのを見送った。

忍は椿とのお泊まりがちょっと楽しみだったので、残念でもあったけれども、

(でも、仲直りできてよかったよね)

椿と会う機会は、きっとまたあるだろう。

「台風一過《いっか》、だね」

そう言った蘇武と、顔を見合わせてくすりと笑った。

「椿がしあわせそうで安心しました。相変わらず我が儘してるみたいですけど」

「御門さんは本当に彼が可愛いくて仕方がないようだね」

「ええ」

「でも忍が可愛くて仕方ない、私の気持ちには敵《かな》わないと思うけどね」

「貴晃様……」

蘇武の言葉に、忍はぽっと赤くなる。まだこんなふうに言ってくれるのが嬉しくて、心

臓が痛いくらいだった。

「さあ、中へ入ろうか。まだ寒いし、風邪を引くといけない」

「あの……っ、貴晃様……」

忍の肩を抱き、屋内へ戻ろうとする蘇武のシャツを、忍は思わず摑んだ。彼を引き留めて、一生懸命伝えようとする。

「うん？」

「……貴晃さまを凄く素敵だと思う俺の気持ちにも、きっと敵いません……」

うつむいて、火を噴くように熱くなる顔を隠した。

「嬉しいことを言ってくれるね」

蘇武の唇がそっと降りてきて、忍のそれを捕らえる。何度も啄んで、舌を掬《すく》いとり、そしてまたそっと離れた。

誰も見ていない屋敷の敷地内とはいえ、外で……と思うと、忍はどきどきしてなおさら顔を上げられなくなる。

「あ……あの」

並んで部屋へ戻るのもなんだか気恥ずかしく、どうしていいかわからないような気持ちになりながら、忍は唇を開いた。

「……お食事が終わったらと思ってたんですけど、椿がお土産にお酒をくれたんです。

「す……すぐに用意します」

忍はそう言って逃げるように駆け出した。

……召し上がりませんか？」

「そうだね。ひさしぶりに晩酌《ばんしゃく》でもしようか。……話したいこともあることだしね」

蘇武はそう言って、少し意地悪な笑みで忍を見る。先刻とは別の意味で、忍の心臓はどきりと音を立てた。見合いの話かもしれない、と咄嗟《とっさ》に思った。もしもそうだったら？

屋内へ戻ると、忍は座敷を片づけ、酒の用意をして蘇武のいるいつもの居間に運んだ。

「スッポン酒か……椿さんは面白いものを持ってきたね」

「ええ。御門様の誕生日だったとかで、他にもいろいろ用意したらしいですよ。鰻の蒲焼きとかレバニラとか、スッポンもお酒だけじゃなくてスープとか……」

忍はグラスに酒を注《つ》ぎながら、話が核心《かくしん》にふれるのを避けるように、いつになく饒舌《じょうぜつ》に喋り続けた。

「スッポンって体力回復にいいんだそうですよ。御門様がこの頃、忙しくて疲れてるみたいだから、元気になってもらおうと思ったんだとか……」

「それは体力というより、どちらかというと精力……精がつくというやつだろう。たっぷりサービスしてあげようって、椿さんなりに考えてたんだろうね」

「そ……そうですね」

蘇武に言われ、ぽっと赤くなった頬を隠すように忍は顔を伏せた。

「忍」

呼びかけてきた蘇武の声が少し鋭くなったような気がして、びくりと震える。

「お見合いの件、伯母さんから聞いたそうだね？」

その言葉に、忍は思わず息を飲んでしまった。問いかけを肯定《こうてい》したも同じだった。忍が知っていることを、椿が喋ったのだろうか？

「いったいどう聞いたんだ？」

蘇武は問いつめてくる。忍は観念して唇を開くしかなかった。

「……あの……貴晃様がお写真を見て気に入ったみたいで、今日お相手に会われることにしたって……」

「それを信じたわけだ、忍は」

「え……？」

蘇武はため息をつき、忍の肩を両手でしっかりと摑んだ。

「いいかい、忍。おまえはもう伯母さんの言うことに耳を傾けてはいけない。まったく、どうして私よりあの人のことを信じるんだ、おまえは」

「そんなことありません……っ。俺は誰よりも貴晃様を信じています……っ」

「だったらどうしてこんな話で不安になったりする？」

「それは……」

忍はどう答えたらいいか、わからなかった。蘇武のことを信じてはいるけれども。

「だって……だってお気持ちが変わってしまうのは仕方のないことです……。もし貴晃様に他に好きな人ができたとしても、貴晃様が悪いわけじゃ……っ」

一生懸命言葉を紡《つむ》ぐ。

「それでも仕方ないと思う？　忍は身を引けるの」

「……っ」

忍はどうしても頷けなかった。蘇武のしあわせを誰よりも望んでいるつもりだし、それが蘇武のしあわせなら、自分のようなものは身を引くべきだと思うのに。

（もし本当に貴晃様がお見合いの相手を好きになってしまったんだとしたら、どうしよう？）

そう思った途端、ぼろぼろと涙が零れた。

「忍……！」

蘇武が慌てたように忍の名を呼んだ。ぎゅっと抱き締めてくる。忍はいっそう涙が込み上げ、止まらなくなった。蘇武の胸に顔を埋め、激しくしゃくりあげた。

「……悪かった。忍が仕方ないなんて言うから、つい意地悪なことを聞いてしまった。そんなこと、ありえないのに。だけど私も、あっさり身を引くと言われたらどうしようかと思ったら怖かったんだよ」

「貴晃様……」

「今日のことは、私も騙されたんだ。本当に取引先との会食だと思って出掛けたら、それは先方の都合でキャンセルになっていて、代わりに見合い相手がいたんだよ。伯母が謀《はか》ったらしい。勿論、ちゃんと断って来たけどね」

ようやく事情を知り、そうだったのかと思うとほっとして、疑ってしまったことが申し訳なくて、またじわりと涙が浮かんでくる。

「ごめんなさい。貴晃様……」

「もういい。ただしこれからは、何かあったときには必ず、誤解する前にすぐに直接私に問い質《ただ》すこと。わかったね」

はい、と忍は頷く。その顎を掬い上げるように、蘇武が指をかけてきた。深刻な空気をかき消すように、彼は笑う。忍はその笑顔に改めてときめきを覚えた。

「ところで……この酒の話だけどね」

と、彼が言ったのは、椿の土産のスッポン酒のことだ。

「忍もそのつもりなの？」

「え……？」

「めずらしく忍から誘ってくれるんなら嬉しいけどね？」

「あ……俺は」

忍は馬鹿正直に赤くなってしまう。蘇武は笑った。

「だったら頑張って愉《たの》しませてあげないと」

「貴晃様……っ」

しどろもどろになる唇を塞がれ、そのまま畳に押し倒される。そして口移しに酒を含まされた。

「ん……っ」

飲み込むと、かっと熱が上がった気がした。絡《から》み合う脚《あし》に蘇武の昂《たか》ぶりが当たり、ますます身体が火照《ほて》り出す。

「貴晃様……」

「して欲しいこと、なんでもしてあげるよ。言ってごらん。忍はどうされるのが好き？」

「そんなこと……」

更に赤くなる忍を、蘇武は揶揄ってくる。

「言えないくらい恥ずかしいことをして欲しいのかな？」

「ち……違います……っ」

慌てて答えれば、蘇武は笑った。背中で結んだ帯を器用に崩《くず》し、解《ほど》いてしまうと、襟をはだけてくる。

「じゃあ、乳首で達《い》ってみるのは……？」

「あう……っ」

あわせに手を差し入れられ、乳首を摘《つま》まれて、忍は声を漏らした。そのまま蘇武の手は下へと滑《すべ》っていく。

「それとも、ここを……」

「あっ――あ、あ……っ」

「こうやって揉《も》んで弄《いじ》って、何度も出させてあげようか」

既に反応しかけていたものを握られ、緩《ゆる》く擦《こす》られる。それだけでもどうしようもなく忍は感じてしまう。それなのに、何度も達するほど愛撫されたら、どうなるんだろう？

その想像だけでも濡らしてしまいそうだった。

「それとも……」

蘇武はけれど、忍を言葉で嬲《なぶ》るのをやめてはくれない。

「後ろをたっぷり……奥まで舐《な》めてあげようか……？」

「やだっ……」

前にそうされたときの、舌が深く入り込んでくる言いようのない感触を思い出して、忍は思わず首を振っていた。

「舐められるのは嫌なの？　とても感じていたはずだけど……？」

問いかけられ、忍はまた首を振る。

舐めてもらうことが嫌なわけではなかった。むしろ気持ちがよくてたまらなくて、身体が溶けるかと思うほどなのだ。けれど、蘇武にそこまでしてもらうのは申し訳ないと思う。蘇武は、そんなふうに考える必要はないと何度も言ってくれるけど。

――私がしたくてすることだからね……

「どっちかわからないよ？」

「……嫌じゃ……ありません……」

忍は手で顔を覆い、消え入りそうになりながら答えた。

「……凄く気持ちいいです……でも、恥ずかしい……」

「恥ずかしいのに嫌じゃないくらい、気持ちいい？」

いやらしさを指摘されたようでますます羞恥に肌を赤く染めながら、本当のことだからしかたないとも思う。忍は頷いた。

「……それに、貴晃様のしてくださることなら、なんでも嬉しいから……」

「なんでも？」

「はい……」

「ここに……」

「あ……！」

指を挿入され、忍は喘いだ。漏れはじめた蜜《みつ》を絡めた指は濡れていて、痛みはあまり感じない。それどころか、忍の後孔《こうこう》は喜んで指を締めつけてさえいた。

「……ずっと挿《い》れっぱなしで達かせてあげなくても？　この前、とっても泣いただろう？」

忍はこくんと頷いた。

思い出すと恥ずかしくてたまらなくなる。それなのに、何故だか飲み込んだ指を締めつけてしまう。

「いいんです……貴晃様のいいようにして」

「私のすることならなんでも？」

「はい……」

「たまには、忍の我が儘が聞きたいな」

と、蘇武は言った。

「なんでもいいから言ってごらん……？」

唇を指で辿られ、優しく促《うなが》される。忍は思いきって口にした。

「じゃあ……じゃあ、何もつけないで挿れてください。貴晃様が好きだから、中で出してくださるときが一番気持ちいい……」

一気に言葉にした瞬間、またかあっと全身が熱くなった。

こんな表情を見て欲しくはないのに、蘇武は顔を覆った忍の手を剝《は》いでしまう。

「可愛いね……」

そして囁き、口づけてきた。何度も舌を絡め、次第に深くなる。全身にぞくぞくと疼きが広がっていくようだった。

「だったら、……さっき言ったことを全部して……」

言いながら、またキスしてくる。

「それから……中にたっぷりと出してあげよう。いいね」

その言葉に、忍はまたこくりと頷く。

そして蘇武の背に腕を回し、ぎゅっと抱き締めた。

＊

それから数日。

一方の椿は、屋敷の奥の間で御門の帰りを待っていた。

遅く帰ってきた御門は、襖を開けて奥の間に踏み込んできた途端、ぎょっとした顔をする。

「お帰りなさい」

そう言った椿の着物はいつもの華やかなものではなく、今日出来上ったばかりの黒っぽい男物だ。低い位置で帯を締め、長い髪は後ろで武士《ぶし》のように一つに括《くく》ってある。

「入ります……！」

椿は片袖を脱ぎ、声をあげた。そして壺《つぼ》に賽子《さいころ》を投げ入れ、畳に伏せる。

「勝負……！」

御門は失笑した。

「なんだ？　胴師にでもなろうってのか？」

「……ってわけでもないけど」

どうせなら、自分に向いたことをして御門の役に立とうと、椿は試行錯誤している最中なのだ。できればいつも御門の傍にいて、御門組の凌《しの》ぎを手伝いたかった。やくざの凌ぎといえばやはり賭博《とばく》だろうと思う椿は、かたちから入るタイプだ。

「でも、才能あるかもしれないと思わない？」

と聞けば、御門は苦笑しながら近づいてくる。そして、

「ま、色っぽいことはたしかかな」

「何、それ……！　んっ……」

抗議する椿を抱きすくめ、口づけながら、着物のあわせに手を突っ込んできた。

溺愛〈綺蝶×蜻蛉編〉

主要登場人物

綺蝶［きちょう］
「花降楼」では、しょっちゅうお職を張っていた売れっ妓の傾城だったが、元華族の北之園家に引き取られる。蜻蛉とは禿の頃に見世で出会った幼なじみ。
蜻蛉［かげろう］
「花降楼」では綺蝶とお職を争い、双璧と謳われた傾城だった。同時に犬猿の仲でもあったが、綺蝶に見世から攫われ、北之園家に囲われる。

【1】


瞼《まぶた》を開けると、真っ先に綺蝶《きちょう》の顔が目に飛び込んできた。褥《しとね》に頬杖《ほおづえ》をつき、蜻蛉《かげろう》を見下ろしている。

「おはよう。今日も可愛いね」

まだ寝惚《ねぼ》けているところに揶揄《からか》うように言われ、蜻蛉はぴくりとこめかみを引きつらせた。

「また……人が寝てるときに、じろじろ見んなって言ってるだろ……っ」

寝起きの不機嫌さのままに蜻蛉は口にする。けれどきつく当たっても、綺蝶は少しも動じたようすはなかった。

「まあまあ」

宥《なだ》めるように彼は笑う。

「寝顔も美人なんだからいいじゃん」

「……っ毎日毎日、悪趣味なんだよっ……」

慣れなかった。

硝子《ガラス》のような茶色い瞳で見つめられ、蜻蛉は赤くなってつい目を逸《そ》らした。

この対屋《ついや》に囲われるようになって半月が過ぎても、未《いま》だ綺蝶の顔を間近《まぢか》で見ることには

(だって……なんか違う)

顔が変わったわけはないのだが、髪を切った綺蝶は、見世でお職を争っていた頃の綺蝶とはなんだか雰囲気が違うのだ。見た目が男っぽくなって、それなのに何故だか纏《まと》っている不思議な色香《いろか》は、娼妓《しょうぎ》だった頃以上のような気がする。

(……なんだか慣れない)

そんな蜻蛉の反応を面白がって、綺蝶はわざと視線を合わせようとする。右を向けば右、左を向けば左から覗き込んでくる。

「もうっ、やめろってばっ」

「どうして？　その綺麗な瞳に俺のこと映すのは嫌？」

「は……恥ずかしいこと言うなよ……！」

揶揄われていることがわかるのに、つい赤面してしまう。そしてまた、こういう科白《せりふ》がさらりと吐けるからこそ、綺蝶は美妓揃いの花降楼《はなふりろう》で何年もお職を張ってこれたのだと思うと——さぞかしいろんな客にいろんなことを囁いたのだろうと思うと、面白くなかった。

むくれる蜻蛉の髪を撫《な》でながら、綺蝶は聞いてくる。

「まだ、慣れねえ？　髪が短くなっただけだろうに」

「……」

「十年以上見慣れた顔だろ？」

その感触になんとなく少し機嫌を直しながら、蜻蛉は答える。

「それはそうだけど……なんか違う」

「どこが違う？」

「どこって……」

(見てるだけでどきどきする)

とは、とても言えなかった。

「なんか……変な感じ。……十年も一緒にいて、全然そういうんじゃなかったのに」

「そういうんじゃなかった、ね……」

綺蝶は薄く笑う。

「俺はずっとそういう目で見てたけどね」

「綺蝶……」

顎《あご》を捉《とら》えられ、接吻が降りてくるのを、受け入れて目を閉じた。啄《ついば》まれ、自然と綻《ほころ》びた唇に舌が忍び込んでくる。深く絡《から》められ、吸われる。

「ん……っ」

そうしながら、綺蝶は襦袢《じゅばん》の裾《すそ》を割ってきた。

「あ、ちょっ……」

思わず蜻蛉はその手を押さえて睨《にら》みつけた。

「ちょっと、朝っぱらから……っ」

「いいじゃねーの。寝乱れた襦袢がエッチでそそられる……」

「ばか……っ」

「嫌?」

綺蝶は蜻蛉の肩を挟んで両手をつき、覗き込んでくる。

「……っていうか」

蜻蛉は火照《ほて》る顔を逸らしながら答える。

「でも……こんなに、し……し過ぎだって……」

(何言ってるんだ……)

口走ってしまったことが急に恥ずかしくなり、蜻蛉は枕に頬を押し当てた。

ここで一緒に暮らすようになってからというもの、起きて一緒にいる時間のほとんどを交わって過ごしているような気がした。まるで離れていた年月を埋めようとでもするかのように。

綺蝶に抱かれて、肌がどんどん綺蝶に馴染《なじ》み、慣れて、感じやすくなっていく。お互いの身体を識《し》って、覚える。

そんな濃密な時間は愛《いと》しいが、こんなにも淫《みだ》らでいいのかとも思う。

蜻蛉の胸の内を察しているのかどうか、綺蝶は笑った。

「見世にいた頃は、もっと廻してただろうに」

「そりゃ……仕事だったからな」

廻しを取るというのは、客が重なったときそれぞれを廻し部屋に通しておいて、一晩に何人もの相手をすることを言う。売れっ妓《こ》の傾城《けいせい》でありながら、客を振るということをしなかった綺蝶は言うに及ばず、蜻蛉もまた毎晩のように廻しを取っていた。気に入らない客を次々と断るので有名だったとはいえ、我《わ》が儘《まま》をするのにも限度はあったし、綺蝶とのお職争いのためにも拒《こば》んでばかりはいられなかった。

けれど回数はこなしていても、綺蝶と抱きあうのとは濃さが全然違うのだ。少なくとも蜻蛉にとっては違う。こんなふうに夢中になって消耗《しょうもう》するようなことは、見世にいた頃にはなかった。

ふぅん……、と綺蝶はどこか不機嫌に呟く。

「あれだけ振りまくっても、まだ廻すだけの客がいた、と」

「痛っ……！」

襦袢の上から意地悪く乳首を噛まれ、蜻蛉は思わず声を漏らした。

「おまえほどじゃないだろ……！　い……今だから聞くけど、おまえいったい一日に何人ずつ廻してたんだよ!?」

「さーねえ。見当はつくだろうに」

綺蝶はまともにとりあってはくれない。蜻蛉は意地になって指を折ってみた。

「本部屋に一人と、廻し部屋に二、三……」

「……数えない」

その手を綺蝶が握り、たしなめて止めさせる。

「今はおまえの話をしてんの」

「ずる……っ、んっ……」

抗議しかける唇を、綺蝶は接吻で塞《ふさ》いだ。そして耳許《みみもと》で囁く。

「そういう悪い子には、お仕置きをしないと」

「何言って……っ」

綺蝶は、蜻蛉が逃げようとするより一瞬早くその手を掴み、頭の上で押さえつけた。襦袢の紐《ひも》を解《ほど》くと、口と左手だけで器用に纏《まと》めて縛ってしまう。

「ちょっ、なんだよ、これ……！」

「だからお仕置き」

「俺が何したって言うんだよ!?」

「何だろうねえ」

「んっ……」

暴れればそのぶん身体が擦《こす》りあわされ、変にぞくぞくした。

綺蝶は再び口づけながら、襦袢の中へ片手をすべらせ、肌をたどってきた。それを追うように唇が這い、乳首を吸い上げる。

「……っ……！」

蜻蛉は小さく息を詰めた。表面だけを撫でるような愛撫なのに、縛られているせいかひどく敏感になっているようだった。

「ん、んっ……」

「このまま乳首でイッてみたい？」

「冗談っ……」

「でも、できるんだよな、お姫様は」

「あっ――」

いつのまにかこりこりと尖っていたそこへ歯を立てられ、蜻蛉は背を撓《しな》らせた。そのまま綺蝶は舐《な》め回してくる。もう片方は指で摘《つま》んで。

「あっ、あっ、あッ――」

声を抑《おさ》えようとする努力は、何にもならなかった。ふくらみがあるわけでもない胸を弄《いじ》られるだけで、どうしてこんなに感じるのかと思う。腰の奥が疼《うず》いて、甘噛みされるたびつい迫り上がる。思わず綺蝶の脚に擦り寄せてしまいそうになるのを、綺蝶はかわしてしまう。

「そんなに気持ちいい？」

「うっ――」

銜《くわ》えたまま喋られ、歯が当たるのが辛《つら》い。

「もう、そこ……ッ」

「何、もっと？」

「ちがっ……あっ……！」

「素直にどうして欲しいのか、言えばいいものを」

自分でももうひどく濡れて、先走りを溢《あふ》れさせているのがわかる。それでも首を左右にする蜻蛉に、綺蝶は笑う。

「客には言ってたんだろう？」

「……わない……っ」

蜻蛉は再び首を振った。

「へえ、そうなんだ」

（でも、おまえは？）

快楽に潤《うる》んだ瞳で睨む。客の相手をするのは色子の仕事であり、仕方のないことだとわかっていながら、今でもいちいち嫉妬《しっと》する。綺蝶は仕事と割り切りながらも、それを愉《たの》しんでいたと思うからだ。

「……っ、まえ、こそ……っ」

喘《あえ》ぎの下から聞いても、綺蝶はいつものようにはぐらかすばかりだった。

「さあ、どうだったかな……？」

「ああァんっ……！」

尖《とが》りきった乳首を噛まれ、もう片方は同時に強く捻《ひね》られる。その途端、腰が跳ねた。嘘のように遂情してしまう。

「あ……はっ……」

大きく息を吐く唇を、綺蝶が塞ぐ。そして余韻も冷めないうちに、指先で後孔《こうこう》へ触れてきた。

「……っ……ぅ」

それだけでびくんと身体が震えた。夜となく昼となく繰り返される行為にそこは熱を持ち、わずかに痛みさえ覚えるくらいなのに、最奥《さいおう》は快楽を思い出してきゅんと疼く。その場所で、それほどまでに感じるようになっているのだ。

（たった半月で……）

見世にいた頃からすれば、信じられない肉体の変化だった。

「あっ――」

綺蝶が容赦なく指を突っ込んでくる。今吐き出したもので濡らしてあるそれは、やはり上手なのだろう、いきなりでもさほどの痛みはあたえない。綺蝶はそのまま中を探るように掻《か》いた。

「まだやわらかいな……昨日たっぷりしたから」

「……っこの、っあぅ……っ」

文句を言いかけたところを遮《さえぎ》るように一番感じるところを擦られる。指を増やして捏《こ》ね回す。

「あ、あっ、あっ……っぅ、ふっ……」

蜻蛉は顎までぴんと反《そ》らし、嬌声《きょうせい》をあげずにはいられなかった。

「このまま挿《い》れていい？」

「あ……っ」

いい加減にしろ、と怒鳴りかけたけれども、声にはならなかった。喘ぎが零《こぼ》れ、蜻蛉は言葉のかわりに首を振る。けれど綺蝶は聞いてはくれない。

「でも、挿れる」

「や、ぁ……っ」

まだ無理――と思いながら、指を引き抜かれ、かわりのものをあてがわれた途端、そこがきゅっと窄《すぼ》まったのが自分でもわかった。

くす、と綺蝶が笑い、大きく脚を開かせ、呼吸を合わせるように挿入してくる。

「あぁっ――……！」

貫かれた瞬間、悲鳴のような声が漏れた。

「入ってくとこが見える……俺のが」

「やあ、あ……っ」

何を恥ずかしいことを言っているのかと抗議したくて、言葉にならなかった。強く突き込まれ、見開いた目がじわりと霞《かす》む。

「痛い……？」

綺蝶が声音《こわね》だけは優しく問いかけてくる。

「んっ……」

頷《うなず》いた途端、生理的に浮かんだ涙がぼろりと零れた。綺蝶の視界には、どんないやらしい光景が映っているのだろう？

ここへ来てからの綺蝶はたいてい優しいけど、するときはけっこう意地悪だと思う。それほど無茶をするわけではないが、散々鳴かされる。

「ごめん」

綺蝶は囁いて、軽く接吻してきた。

「馴染むまで待つから」

中の深い位置に綺蝶を感じる。最初の痛みがおさまって、じわじわと慣れていく。綺蝶を受け入れたところが、嬉しそうに包み込む。

「んっ……」

締めつけて、思わず喘いだ。中のものを意識するだけでぞくぞくと込み上げてくるものがある。無意識に膝を立て、綺蝶の腰を挟み込んでいた。

「……ぅっ……く」

「大丈夫？　まだ痛いの」

わかっていて、綺蝶は聞いてくる。

「ばかっ……」

蜻蛉は思いきり綺蝶の肩を噛んだ。

「痛ぅ」

「あっ――」

綺蝶が笑いながら身じろぐのに、また感じて。

「あぁっ……あ、や……っ」

「……何もしてねえよ？」

そう言われ、かあっと全身が熱くなった。ぎゅっと目を閉じて首を傾ける。

そんなことは自分でもわかっていた。勝手に食い締めているだけなのだ。挿れられているだけで、悦《よ》くてたまらない。下腹から溶けていくみたいだった。

「んっ……」

「……っ……自分で動くほうがいいの？」

息を詰めながら、思わず揺れる腰を指摘され、蜻蛉は首を振った。

お仕置き——と、そういえば言っていただろうか。身体の奥で息づくそれは熱くて、自分だってもう動きたいくせに。

「やらしいな……中が……うねって、……持ってかれそう」

「ばっ……あぁっ……」

悔しくて、先に達かせてやりたくて締めつけると、中の硬い感触に却って自分自身がたまらなくなった。

「いやらしいな、こんなことして」

「あっ、あ、——」

「お客様はさぞ悦んだだろ？　——いいよ、もっとして」

蜻蛉はぶるぶると首を振った。

堪《こら》えきれずに擦りつければ、繋《つな》がったところからぐちゅ……と濡れた音が漏れる。

「あ——あ……綺蝶……っ」

「わかったって」

綺蝶は蜻蛉の腰を抱え直した。

「あぁあっ……！」

奥を強く突かれ、蜻蛉は背を撓らせた。熟《う》れたようになっていた筒《つつ》の中を擦られるのが、死ぬほど気持ちがいい。

「あ、あ、あ、……！」

「凄《すげ》ぇ、な……この、……感じ」

唇を舌で舐めながら、さすが名器だねと綺蝶は囁いてくる。

「馬鹿っ……」

含みを持った言葉に、殴ってやりたいと蜻蛉は思う。それとも、思い切り背中に爪を立てたい。縛られたままの手が悔しい。

「うん、ん、あぁっ……」

自分ではどうすることもできないまま、蜻蛉は揺さぶられ、喘がされ続けた。

【2】

仕立て上がった何枚もの着物を届けに呉服屋がやって来たのは、昼間から風呂に入り、更にじゃれあってようやく上がったあとのことだった。

着の身着のままで攫《さら》われてきた蜻蛉のために、綺蝶はたくさんの衣装をつくらせてくれた。それが次々と仕上がっては屋敷へ持ち込まれているのだった。

（たくさん着物をつくってくれるのはいいんだけど……）

と、散々弄《もてあそ》ばれてまだ少し膨れたまま、蜻蛉は胸で呟く。

遊廓《ゆうかく》を出てまでこの手の着物を着るのはどうなのか綺蝶のように男として普通の格好をするべきではないのだろうか。

とはいえ、

――着てみたいものがあれば言ってみな？

と、綺蝶に言われても、まるで思いつかないのだけれど。

着せてみるのが楽しいらしい綺蝶に促《うなが》されるまま、次々と綺蝶の好みの着物に袖《そで》を通していく。畳にはとりどりの脱いだ着物や帯が洪水《こうずい》のように散らかり、足許に纏《まと》わりついていた。

「本当に、何を着せてもよく似合うね、お姫様は」

と、綺蝶は嬉しそうに頷く。

何か違うと思いつつ、褒《ほ》められれば満更《まんざら》でもないけれども。

着物を取っ替え引っ替えするのも体力を消耗するもので、今日の分も終わりかと思う頃には、蜻蛉はぐったりと脇息《きょうそく》にもたれかかっていた。

「疲れた？」

「まあな」

「実はもう一枚、つくらせたのがあるんだけど」

「もう一枚？」

「うん。何だと思う？」

含みのある聞き方に、蜻蛉はぴくりと警戒した。

「……何？」

「着るって言ったら教える」

「……」

脇息に頬杖をついて、じろりと綺蝶の表情を観察する。にこにこと楽しそうな顔は、何か企《たくら》んでいるように見えてしかたがなかった。見世にいた頃から、こんな顔をした綺蝶に何度揶揄われたか知れない。しかも口ぶりからしても、今まで着せられたものとは少し違うものが出てくるのは明らかだ。

「……嫌だ」

承知すればよほど変なものを着せられるような気がして、しかも長いあいだ着せ替え人形になっていた疲労も手伝って、蜻蛉はにべもない返事をした。

「どうして」

「どうせろくなもんじゃないんだろ」

「どうかなあ？」

(この含みのある言い方……！　変なものを着せられたうえに、悪戯《いたずら》でもされるんじゃ……)

先刻風呂で蜻蛉の髪を洗いながら、シャンプーの泡で固めてうさ耳だの犬耳だのを作って喜んでいた綺蝶の姿が脳裏に蘇ってきた。

(そのうえ獣姦《じゅうかん》とか言って……)

「いいじゃんか、もう一枚ぐらい」

「嫌だって言ってるだろ……！」

蜻蛉は立ち上がった。

するりと次の間へ逃げ出し、背中でぴしゃりと襖《ふすま》を閉める。

「蜻蛉……！」

綺蝶の声が追ってくる。蜻蛉は更に次の間へ移った。

「おーい。お姫様」

対屋の中で次々に部屋を移る。柱を挟んで綺蝶と追いかけっこし、襖を開けては閉め、開けては閉めて別の部屋へ隠れる。声が近づいてくるとまた別の部屋へ、くるくると移動した。

「もう言わねーから出ておいで」

（……と、言われても）

引っ込みがつかないまま奥の間を飛び出して、後ろを振り返りながらぱたぱたと廊下を駆ける。

「わ……！」

だがいくつめかの角《かど》を回った途端、蜻蛉は、どん！　と誰かにぶつかった。

その感触が綺蝶とはどこか違っているのがわかり、はっと顔を上げる。

目の前に立ち塞がっていたのは、東院《とういん》の姿だった。

「東院……！　……様」

取って付けたように「様」をつける蜻蛉に、東院は意地悪く笑う。

花降楼時代、綺蝶の一番の上客だった東院は、綺蝶が北之園《きたのその》家に引き取られた今では、綺蝶の親戚《しんせき》ということになる。北之園家の事業の上でも繋がりがあるので、見世を離れても邪険《じゃけん》にはできない男だった。

以前の綺蝶との関係を考えれば、蜻蛉にとって東院は顔を合わせたい相手ではなかった。東院も同じ気持ちではないかと思うのだが、彼はよくこの対屋を訪れる。親戚であるのをいいことに、誰も応対に出なければ無断で入ってくることさえあった。

それほど綺蝶に会いたいのなら、わざわざ来なくても外で会え——と、言えるものなら言いたかった。だがそんなことを言って、二人が本当に外で始終逢瀬《おうせ》を持つことになったらどうしよう——と思ってしまい、口には出せないままだ。

「捕まえた……っと」

「あ……！」

立ち尽くす蜻蛉を、綺蝶が背中から捕まえてくる。

「ナイスタイミング」

そして東院にそう言いながら、自分の羽織《はおり》を脱いで蜻蛉に着せ掛けた。包み込むように——むしろ東院の視線から隠すように抱き締めてくる。ふと気づけば、襦袢一枚の姿で鬼ごっこをしていたのだった。

「なーにやってんの、おまえら」

東院が呆れたように呟いた。

それから座敷に席を設《もう》け、東院と三人で夕食をとった。

北之園の当主が母屋《おもや》にいるときはともに食卓を囲むが、彼もまださほど老《ふ》け込む歳ではなく、グループ企業全体を統括《とうかつ》する存在として多忙《たぼう》を極《きわ》めているため、不在であることも多かった。

「綺麗どころがそろって、ここだけ花降楼が戻ってきたみたいじゃねぇの」

と、東院は上機嫌だった。

襖絵や欄間《らんま》にまで凝《こ》ったしつらえの座敷に花などが飾られ、座卓に載《の》りきらないほどの豪華な料理があふれたさまも、花降楼の宴会を思わせる雰囲気だった。

「で？　いったいなんで追いかけっこなんかしてたんだ？」

「ちょっとね……いつもと違う格好をしてもらおうとしただけだよ」

「へええ？」

綺蝶の言葉に、東院は関心を示す。

「で、どんな体位を？」

「馬鹿。衣装の話だよ」

綺蝶と東院は軽口を叩き合う。蜻蛉は綺蝶の傍《そば》に憮然《ぶぜん》と座り、綺蝶が徒《いたずら》に伸ばしてくる手を振り払うが、綺蝶はそれさえも楽しんでいるかのようだった。

「なーるほど。こないだのやつか」

「まーね」

綺蝶は東院には話していたらしい。自分だけが知らないことが、蜻蛉はひどく不快だった。

「しかしせっかく見世を出たんだし……ってのはわかるけど、それにしてもねえ……」

「なんだよ」

「いやいや、いい趣味してると思ってさ」

「るせーよ」

口は汚いけれど怒っているという感じでもなく、軽口を叩き合っているのが楽しげで、蜻蛉はますます面白くない。

「じゃああんたならどういう格好させてみたいと思うわけ？」

「うーん……？」

東院は盃《さかずき》を干《ほ》しながら、舐めるように蜻蛉を眺めた。蜻蛉は思わず睨み返してしまうが、彼は少しも気にしたようすもなく続けた。

「俺ならせっかくだから洋装……いや、チャイナもいいな。スリットがぐぐーっとここらへんまで入って、からだの線がばっちり出るやつ」

「いいねえ……！　似合いそう」

綺蝶も上機嫌で相槌《あいづち》を打つ。

「家の中限定だけどな。他の男にお姫様の脚を——ましてやからだの線まで拝ませるのはちょっとなあ」

「じゃあおまえなら他にどんなの着せたいんだよ？」

話はいつのまにか別の——変な方向へ流れていく。

「そうだな……」

綺蝶は頬杖をついて蜻蛉の顔を眺めてくる。

「あんたんちの近くに、女の子の制服が可愛いので有名な喫茶店あるじゃん」

「ああ、あったな」

「あの店の前、通るたびにうちのお姫様にも着せてみたいって思うんだよな。ピンクのやつ。美人だから、何着せても似合いそうだろ？」

「ああ、あれねえ」

東院はにやにやと笑う。

「おまえも好きだね」

彼にはその店も制服のデザインもすぐにわかったようだが、蜻蛉にはわからなかった。二人だけで通じ合っている感じが、嫌でたまらない。肴《さかな》にされているのが自分だと思えばなおさらだった。それに、親戚だから挨拶などで綺蝶が何度か東院家を訪れているのは仕方のないこととはいえ、そもそもはそこからして不愉快なのだ。

「胸はどうすんだよ？　あのデザインは胸あってこそだろ」

「なくてもいけるって。お姫様なら可愛いから、全然ＯＫ。髪はくりくりのツインテール結《ゆ》ってやるからさ？」

「知るか」

な、と覗き込まれ、蜻蛉はふいと不機嫌に顔を逸らす。綺蝶は苦笑して、宥めるように頭を撫でてくる。

「俺なら……」

それを眺めながら、東院は言った。

「おまえとおそろいで着せたいね。ピンクのとオレンジのと。胸は詰め物して、巨乳バージョンで」

「いいねえ、ペアルック」

「違うだろ、それは」

話が見えないなりに、蜻蛉はちらりと睨み、突っ込んだ。

「俺は着ないからな」

「まあまあ、そう言わずに」

綺蝶は蜻蛉に盃を持たせ、銚子《ちょうし》を傾ける。

「あ……」

けれど中身は既《すで》に空《から》だった。

綺蝶は使用人を呼んだが、人払いをしたあとで、誰も答えない。

「調達してくるか」

綺蝶は銚子を持って立ち上がった。

廓《くるわ》にいた頃から変わらないこういう気さくなところは、使用人たちにも人気だった。加えてこの容姿でもあり、娼妓だったという経歴を考えれば蔑《さげす》まれたり白い目で見られても不思議はないはずであるにもかかわらず、むしろ男女にかかわらず熱っぽい視線を注がれているような感じさえする。

(上手く屋敷にとけ込めたのはいいんだけど)

蜻蛉は少し複雑な気分だ。

「俺がいないあいだ、お姫様に悪さすんなよ」

「早く帰ってこないと食っちゃうかもよ?」

「そうしたら、赤ずきんちゃんを取り戻すために悪い狼《おおかみ》の腹を裂かねーとな?」

綺蝶は嬲《なぶ》るような笑みを投げ、座敷を出て行く。その表情は傾城だった頃そのままにも見えた。

「今でもお姫様扱いなんだな、ほんとに」

綺蝶を見送って、東院は少し呆れたように言った。

蜻蛉は視線を上げ、首を傾《かし》げる。

「え……？」

「綺蝶に囲われてんだろ？　多少はお妾《めかけ》さんらしく旦那《だんな》様にお仕《つか》えしてんのかと思ったら、なんにもしてねーみたいだよな。ただ神棚《かみだな》に奉《まつ》られて」

蜻蛉はぴくりとこめかみをひきつらせた。

「そんなこと、あなたには関係ないでしょう？　綺蝶は何もしなくていいって言ってるし」

「そりゃあ今はね。何しろ新婚みたいなもんなんだし、綺麗なお人形のようなお姫様が可愛くてしようがないだろうけど……そんなんじゃ、そのうち愛想尽かされんじゃねーの？　ましてや、美貌は永遠じゃないんだぜ」

「……そんなこと」

いつものこととはいえ、取り柄《え》はそれだけだと言わんばかりの科白を吐く東院から冷たく顔を逸らす。

それと同じことを、廓を連れ出されたときに、蜻蛉自身が言ったことがあった。

でもそのとき綺蝶は、十年もずっと好きだったんだと言ってくれたのだ。だから、たとえ歳を取って容色《ようしょく》が衰《おとろ》えても、これからだって変わらない、と。

「じゃあ闇のほうは？」

「え……？」

「これでもけっこう心配してんだぜ？　一晩に何人も廻しをとって愉しんでたようなやつを、お姫様が一人で満足させられてんのかと……。ま、この件に関しては、いつでもこの俺が協力するにやぶさかではないが」

蜻蛉は思わず本気で東院を睨みつけてしまった。

「おっと……」

東院は大袈裟《おおげさ》に身を引いてみせる。

「その目……！　やっぱぞくぞくするねえ！」

揶揄われ、蜻蛉はまた憮然《ぶぜん》と顔を背《そむ》けた。本当に、何を言っても懲《こ》りないところは綺蝶の親戚だけある。よく似てる、と思う。

「うん……？」

東院はふと、何かを見つけたような声を出した。

「ま、けっこう愉しませてやってんなら、心配してやることもねーか……」

気になって視線を戻すと、東院はにやにやと笑みを浮かべながらその目をすっと落としてくる。

　蜻蛉はそれを追って自分の手首にたどり着き、かっと赤くなった。綺蝶に縛られた跡が薄赤く残っていたのだった。慌てて袖口を握り、手首を隠す。

　綺蝶が台所から酒を調達して戻ってきたのは、そのときだった。

「なーに苛《いじ》めてんだよ？　うちのお姫様を」

　一升瓶《いっしょうびん》の底で東院の頭を小突き、背中で襖を閉める。綺蝶は銚子ではなく、両手に一本ずつ一升瓶を持っていたのだった。

「苛めてねーよ」

「ほんと？」

　綺蝶は蜻蛉の傍に腰を下ろしながら、覗き込む。それを見て、東院は噴き出した。

「なんだよ？」

「いや、考えられねーと思ってさ。犬猿《けんえん》の仲なんて言われて、廊下で鉢合《はちあ》わせちゃあ罵《のの》りあってた頃のことを思うと」

　仲良きことは美しきかな、と揶揄《やゆ》する言葉に、だろ？　と綺蝶は肩を抱いてくる。蜻蛉は睨み、その手の甲をきつく抓《つね》った。

【3】

いつのまにか眠り込んで、目が覚めたときには綺蝶の膝《ひざ》にいた。

まだ酔いが残っているらしく、少しぼうっとしたままそろそろと身を起こす。周囲を見回せば、つまみの皿や飲み散らかした銚子などで、座敷はまだ雑然としていた。東院の姿は既にない。

「……東院……様は？」

「客間。飲み過ぎたから泊まってくってさ」

「そうか……」

綺蝶が探し出してきた一升瓶を、明日も休日なのをいいことに、三人であれから二本とも空《あ》けてしまったのだった。

蜻蛉もずいぶん飲んでいた。ぼうっとして、頭を擡《もた》げようとしてできず、綺蝶の胸に擦り寄せてしまうくらいだった。その頭を、綺蝶が抱いて撫でる。

「俺たちも、そろそろ寝る？」

「うん……」

「じゃあ誰か……」

女中を呼ぼうとする綺蝶を遮り、

「いい……俺が片づける」

ぼんやりしながらも、そんなことを申し出てしまったのは、先刻の東院の言葉が小さく心に刺さっていたからだろうか。

——そんなんじゃ、そのうち愛想尽かされんじゃねーの？

「ええ？」

綺蝶はちょっと驚いたような、面白がるような声を出した。

「だ、だって……もうみんな寝てると思うし」

蜻蛉は咄嗟《とっき》に言い訳する。

「ま、それもそうか」

たしかに、時計を見上げれば真夜中を遥《はる》かに過ぎてはいた。女中は皆、休んでしまっているだろうけれども。

「東院に何か言われた？」

綺蝶は優しく問いかけてきた。

「……別に」

蜻蛉はそう答えたが、綺蝶はだいたいのところは察したようだ。

「しようがねえなあ」

苦笑しながら再び頭を撫でてくる。

一緒に遊里を出てからの綺蝶は、身体を重ねるとき以外は本当に蜻蛉に甘い。声までも甘くて、囁きかけられると、溶けそうになるくらいだった。

そうして甘やかされるまま、蜻蛉は愚痴《ぐち》のように呟く。

「たしかに……働いてるわけでもないのに、御飯つくったり掃除したりもしてないし。してることといえばアレくらいで、このままじゃ、俺はおまえ専属の娼妓みたいだよな……」

「そりゃ願ってもない」

「綺蝶……っ」

「じゃあ働いてみる……？」

混ぜ返されて、思わず声をあげると、綺蝶は笑った。そして、

「え……」

「踊りとかお茶とか、見世で叩き込まれただろう。誰かに教えてみるとか」

「……人に教えるのとか、あんまり得意じゃない……」

やってみれば、意外に出来てしまうものなのだろうか？

「じゃあ、俺の秘書はどう？」

「秘書……？」

というと、毎日綺蝶と一緒に出勤できるのだろうか……と、覚束《おぼつか》ない頭で蜻蛉は考えた。以前の客だった会社社長や重役などはたいてい秘書を持っていた。見世にまで連れてくる人はまれではあったけれども、何かの折りには顔を合わせる機会もあった。みな実務能力に長《た》けていそうな、切れる風貌《ふうぼう》をしていたと思う。

（俺が、あんなふうに……？）

それこそ本当に無理な気がするけれども。

（でも……）

「そう。響きがなんだかエッチだろ？」

などと綺蝶は言った。

「はあ？」

「堅くて禁欲的な雰囲気が却《かえ》ってそそるんだよ。仕事の合間にこう……机に腰掛けてさ。脚を組んで、俺のこと誘惑すんの」

「ばーか」

真面目に考えたのに、と蜻蛉は拗《す》ねて顔を背けた。

「どうせ普通の秘書は俺には無理だよ」

かといって、本気で綺蝶に抱かれるために会社へ行くわけにはいかないだろう。本当に、昼間も綺蝶の近くにいられたらいいのに。

「さあどうだろうね……」

綺蝶は言いながら、蜻蛉の髪を指で梳《す》く。

「そのために大学行ってみるとか」

「大学……!?」

思い浮かべたことさえなかったような単語に、蜻蛉は驚く。俺もいずれは通えって言われてるし――と、綺蝶は言った。

「――ま、おいおい考えたらいいよ。あいつの言ったことなんか気にすんな。おまえのこと弄《いじ》って楽しんでるだけなんだから。俺は、おまえがいてくれるだけでいいんだからさ」

「……」

抱き寄せられた胸でわずかに顔を上げ、蜻蛉は綺蝶を見上げる。瞳がぼうっと霞《かす》む。こんなことを口にするなんて、やっぱりずいぶん酔っているのだと思う。

「……東院様がさ……おまえがいずれ、……物足りなくなるんじゃないかって言うんだ」

「うん？　何が？」

「……その……あれだけ毎晩客に抱かれてたのに、って。……それを待ってるみたいな口ぶりだった」

「はーん。なるほどねえ……？」

口ごもる蜻蛉に、綺蝶は苦笑した。

「それが心配だって？」

「……別にそうは言ってないけど」

「けど？」

蜻蛉はきっ、と綺蝶を見上げる。

「浮気したら、ゆるさないからな……っ」

そんなことをしたら、八つ裂きにしても足りないと思う。

綺蝶は一瞬、目をまるくし、やがて噴き出した。そして艶《つや》っぽい瞳で蜻蛉を覗き込んでくる。

「じゃあもし抱かれたくなったら、お姫様に頑張ってもらおうかなあ？」

「えっ」

蜻蛉は思わず焦《あせ》った。

「が――頑張るって……」

「そりゃあもう、俺の上に乗ってねえ――」

「……っ……」

からからと笑う綺蝶に、蜻蛉は詰まる。

正直、抱かれたことは数え切れないほどあっても、抱く側に回ったことはない。

（……できるんだろうか……でも、そのとき俺がしなかったら綺蝶はまた他の男のものになってしまう。それだけは嫌だった。だったら、できるかできないかという問題ではなく、やるのだ。

（東院とか、他の男に渡すくらいなら、この俺が）

蜻蛉は思わず拳《こぶし》を握り締める。

そしてそう思って見上げれば、いつも以上に綺蝶が色っぽく見えるのも不思議だった。

（あ……意外とできるかも）

と、蜻蛉は思う。

綺蝶はそんな蜻蛉を眺め、くすくすと笑った。そして抱き寄せた頭をくりくりと撫で回した。

蜻蛉はぼそりと唇を開く。

「……あのさ……」

「うん？」

「……着てもいいけど」

「え？」

「なんだか知らないけど、着せたいものがあるんだろ」

綺蝶は軽く目を見開く。

「どうして急に？」

「……」

ただ、何の役にも立たなくてもいてくれさえすればいいと言ってくれる綺蝶に、して欲しいことは何でもしてやりたい気分だった。でも、それを口には出せない。

綺蝶は蜻蛉の瞳を覗き込み、視線を和《やわ》らげた。

「へえ……これは、酔ってるねえ……」

「うるさいなっ……、悪いのかよっ？」

「悪くない悪くない」

綺蝶はまた頭を撫でてくる。

「じゃあ早速──」

「その前に……」

「え？」

綺蝶の首に腕を回す。下から掬《すく》い上げるように口づける。自分から接吻したことなど、今までにはほとんどなかったことだった。

「蜻蛉……」

「上やる練習、する」

「ええ？」

戸惑《とまど》った声を出す綺蝶が可笑《おか》しい。

蜻蛉はそのまま綺蝶を畳に押し倒した。

そして……かろうじて意識があったのは、そこまでだった。


「あーあ、寝ちゃったよ」

身体の上で蜻蛉が寝息を立てはじめたのに気づいて、綺蝶は身を起こし、ため息をついた。

「ざーんねん」

でも、お姫様からキスしてもらったのは嬉しかったかな、と唇に指をあて、感触を思い出す。

そしてくすりと笑い、蜻蛉を抱き上げて寝床へと運んでいった。

翌朝、遅い朝食をとったあと帰宅しようとする東院を、綺蝶は一人で玄関脇の車宿まで送った。

使用人たちにはわざわざ出なくていいと言ってある。蜻蛉は二日酔いを理由に朝食の席にも着かず、寝間で布団《ふとん》をかぶっていた。

「本当は腰が立たねーんじゃねーの？」

と、東院が揶揄ってくる。

「だったらよかったんだけどね――」

「なんだ、てっきりまた犯《や》ったのかとばっかり」

「また？」

「コレ」

東院は自分の手首を指で示す。

「けっこうひどいことしてんのな」

縛《しば》った跡が薄く残っていたことを目聡《めざと》く指摘され、ああ――と、綺蝶は苦笑した。

「まあね。……優しくだけして、可愛がってやりたいっていつも思ってんだけど……抱いてると、ときどき無性《むしょう》に苛めたくなって困る」

これまで蜻蛉を抱いた男たちに対する嫉妬と、純粋な劣情《れつじょう》、そして愛しさ。

その両極端な気持ちは、いつも綺蝶の中にある。

「そりゃどうも、ごちそうさま」

東院は肩を竦《すく》めた。

「……ま、わかる気もするんだけどさ」

「何が」

「おまえの気持ち。なんたって俺たち、血が繋がってるんだもんな。あのお姫様見てると、なんとなく弄りたくなるっていうか苛めたくなるっていうか……、そそる」

「はっ」

失笑する綺蝶に、東院がふと手を伸ばしてきた。

「おまえ、少し髪伸びた?」

「うん? まあ伸ばしてるからね。短いと、お姫様が俺の顔見てくれないから」

「なんで?」

「なんか違うんだってさ」

「あんまりいい男になったんで、照れるのかな」

「だろうねえ」

悪びれずに笑って答えながら、どさくさに紛《まぎ》れて肩を抱こうとする東院の腕のをさりげなくかわす。

「それはそうと――」

「うん?」

東院は答えながら、煙草をくわえた。勧められて、綺蝶も一本受け取る。先に点《つ》けた東院の火を煙草から直接もらう。

「うちのお姫様に、あんま余計なこと吹き込まないでくれる?」

「余計なことって？　たとえば、おまえがいつか物足りなくなったら、いつでも俺が相手する――って話とか？」

「そんな話はどうだっていいけどさ」

綺蝶は一笑《いっしょう》する。

「仕事しろとか、そういう話」

「なんでだよ？」

「……ま、主婦になってくれるんなら面白いんだけどね。毎日繋がった沢庵《たくあん》とか、甘い味噌汁とか、食卓に出てきたりしたらすげー楽しそう」

「……」

東院は一瞬、絶句する。

「変わった趣味だよな。前から思ってたが」

「でもないと思うけどね」

綺蝶は失笑した。

「娑婆《しゃば》に出てきたばっかりで、蜻蛉はまだ生まれたての子供みたいなもんなんだよ。今はまだ岩崎《いわさき》のほうとかいろいろ片づいてないから、この家に匿《かくま》われてるしかないけどさ。いずれ放っといてもいろんなことやりたがるようになるだろ。外にも出てみたいって言うだろうし、自分から働くって言うかもな」

昨日だって、蜻蛉は仕事をすることに興味があるふうだった。特に、秘書の仕事には。

「そうしたらしたいようにさせてやるけど、それまでは……今のままがいいんだ。できるだけ長く誰の目にも触れさせないで、閉じこめておきたい。俺だけに笑いかけ、俺だけに抱かれてて欲しい。やっとそれができる身分になったんだからね」

愛の檻《おり》の中に囲って、抱き締めて。

「そりゃなんて言うか……おまえがそこまで言うとはねえ」

東院は感心したように——というよりはむしろ呆《あき》れたように口笛を吹いた。

「そんなに独占欲が強くて、よく見世にいるあいだ、あの妓に客、取らせて耐えてたねえ。今はその反動ってとこ？」

「なんとでも」

東院は煙草を足許に投げ捨て、踏み消した。

「——ま、邪魔者は早々に退散しますよ」

自分の車に乗り込み、ドアを閉める。そしてリアウィンドを下げた。

綺蝶はにこにこと手を振った。

「気をつけて」

「んな、喜ぶんじゃねーよ」

綺蝶の髪を軽く引っ張り、じゃあな、と車を出す。

それを見送って、綺蝶は対屋へと戻った。

対屋では、浴衣姿の蜻蛉が、濡れ髪を拭いていた。今のあいだに風呂に入っていたようだった。

「なーんだ。今日は自分で髪洗ったのか」

「おまえにやらせると、また変な悪戯するからな。俺だってこれくらいはできるんだから」

拗ねたように蜻蛉は言う。

「そう……」

笑いながらも、綺蝶の胸を一抹《いちまつ》の寂しさが過ぎる。けれどそれはおくびにも出さずに、蜻蛉の傍へ腰を下ろした。

「具合どう？」

「もう平気だ」

「そっか。よかった」

平気――と言いながらも、蜻蛉はまだどこか不機嫌にむくれている。

「ん？　どうした？」

綺蝶は覗き込んで促した。

「別に……っ」

「ああ、そう？」

軽く流すと、蜻蛉はむっつりと顔を背ける。そして少ししてようやく唇を開いた。

「……何、二人で長話してたんだよ？」

「え？」

「見えるんだよ、風呂へ行く途中の渡り廊下から、車宿が……！　話は聞こえなかったけど、煙草の火なんかもらったり髪触ったりして、なんかいやらしい」

「ははは」

綺蝶はつい笑ってしまう。

「お姫様、妬《や》いてんの？」

「ちがっ……！」

思わずかっとする蜻蛉を見て、更に楽しくなる。否《いな》――可愛くなる、と言った方がいいだろうか。

「お姫様がどんなに可愛くて、俺がどんなに可愛がってるかって話だよ。決まってんだろ？」

「嘘つき」

「ほんとだって」

綺蝶は背中から抱き締めて、蜻蛉が膨れるのを宥めた。

「それよかさ、着てくれんだろ？」

「そんなこと言ったたっけ」

蜻蛉はつんと顎を反《そ》らしてみせる。

「言った言った。着てもいいって。ついでにそのあとのことも話して欲しい？　お姫様はあのあと俺のことを――」

「わーっ」

慌てて蜻蛉が口を塞ごうとする。

「着る、着るから……！」

「……やっぱ覚えてるんだ？」

「……忘れた……！」

言いはるのが可笑しくて、綺蝶はまた笑ってしまう。

蜻蛉は憮然とした表情を取り繕《つくろ》いながら、少し頬を染《そ》めてうつむく。そして言った。

「……ちょっとだけだからな」

【4】

綺蝶がその部屋の襖を開けると、そこにはいつのまに用意したのか、白一色で美しい紋《もん》様《よう》の織《お》り込まれた絹《きぬ》の着物が衣桁《いこう》に広げられ、美しい光沢《こうたく》を放っていた。

「これ……」

「そう、白無垢《しろむく》」

「白無垢……」

綺麗、と思わず蜻蛉は呟いた。思わず手を伸ばしてしまいそうになる。

そしてふいに躊躇《ためら》った。

「……やっぱだめだ」

「どうして？　似合うと思うけどな」

蜻蛉は白無垢に、くるりと背を向ける。

「……花嫁衣装だろう……それ」

「まーね。……でも、嫌ならそんなに堅く考えなくてもいいけど」

「嫌っていうか……」

（……白無垢なんて）

「純潔の象徴なんだろう、それって……」

無垢なまま嫁《とつ》ぐ花嫁の象徴のようなそれを纏っても、似合わないような気がするのだ。

散々いろんな客の相手をしてきた自分には。

脳天気に着せようとする綺蝶は、過去が気にならないんだろうか。

（俺は凄く気になるのに）

綺蝶と他の客たちとのことが、今でも気になる。客と寝ることをそれなりに愉しんでいたらしい、綺蝶の過去が。

でもそんなことは口には出せない。

（だってそれじゃ俺ばっかりす……好きみたいじゃないか）

綺蝶だけだったらよかった、と思う。今までに身体を重ねた相手が綺蝶だけだったら。

そして綺蝶もそうだったら。

けれどそれは今さら変えようもないことだ。

綺蝶はやわらかく笑う。

「ま、一般的にはそういう意味もあるんだろうけどな」

「……？」

「この場合はさ、俺だけのものになって、って意味だよ」

「え……」

「独占欲のあらわれかな」

ふいに頬が火照るのを感じた。綺蝶の言葉が本当のプロポーズみたいに聞こえたからだ。

(独占欲……)

蜻蛉は胸に呟く。

「おまえにもあるんだ……」

そのことが、なんだか凄く嬉しい。

「何言ってんの」

綺蝶は苦笑した。

「おまえは本当にわかってないねえ」

「！　何がだよっ……！」

歯をむく蜻蛉を、綺蝶はよしよしと宥める。そして、

「着てくれる？」

「……うん……」

蜻蛉は小さく、けれどしっかりと頷いた。

足袋《たび》を履《は》くのは、本当に記憶がないくらいひさしぶりだった。色子は足袋を履かないし、この屋敷に囲われてからもその習慣のまま通していた。

姿見に背を向けて、前の椅子に座らされる。素足を晒《さら》して、綺蝶の手で足袋を履かされるのが、なんとなく気恥ずかしい。

肌襦袢、蹴出《けだ》し、白襦袢の上に、掛下《かけした》、帯を締める前にも何本も紐《ひも》を使う。帯の他にはただの一本さえ使わない廓の着付けとは、だいぶ違う拘束《こうそく》感があった。

「……っ」

「苦しい？」

「……、別に……」

小さく息を詰めると、綺蝶が揶揄うように聞いてくる。それに意地を張って答えて。

掛下の上に帯を締めて、胸に懐剣《かいけん》。

「こんなものまで用意したのか……」

「お守りだからな」

そして綺蝶は小指にわずかに貝紅を取り、蜻蛉の唇に差す。

「紅も……？」

「うん。ちょっとだけ」

唇に触れる濡れた指に、不思議とぞくぞくした。

髪は後ろだけ簡単に纏めて綿帽子《わたぼうし》を被《かぶ》せられ、横は長く胸の前に垂《た》らしたままにして、最後に白無垢を羽織る。重くて、けれどしなやかな感触。

「さあ――できた」

と、綺蝶は微笑った。

「綺麗だぜ」

着物から髪から何から何まで綺蝶に面倒を見てもらっていた頃のことを思い出す。

ようやく姿《すがたみ》見のほうを向くことをゆるされ、蜻蛉は初めて白無垢を纏った自分の姿を目にした。

（……ああ……）

自分のものとは思えないような見慣れない姿だった。

いつもと違う、背中のほうが帯を包んで膨らみ、裾《すそ》を長く引いた純白の衣装に、唇の紅が恥ずかしいほど鮮やかに映える。清楚《せいそ》なのに、どこか艶《あで》やかな色気も纏いついていた。

蜻蛉はついぼうっと見つめてしまう。

我に返ったのは、後ろで目映《まばゆ》い光が弾けたのが鏡に映ったからだった。

振り向けば、綺蝶がカメラをかまえていた。

「写真まで……！」

「せっかくだからさ」

褄《つま》を取ったり、袖を抱いたり振り向いたり、いいようにいろんな格好をさせられて撮影され、やがて疲れ果てて座り込めば、その姿もフィルムに収められてしまった。

「お疲れ。……飲む？」

綺蝶は隣に腰を下ろし、いつのまに持ってきたのか、銚子と盃を取り出して見せた。

「……」

蜻蛉はそれへ視線を落とし、ふと思いついて、銚子のほうを受け取った。そして綺蝶の手には盃を持たせ、三回にわけて酒を注ぐ。

綺蝶はそれを、不思議なものでも見るような目で見つめていた。

「……なんだよ？」

照れともつかない気持ちをごまかすように睨むと、綺蝶は微かに唇で笑った。

「いや。三三九度か……と思ってさ。客とは何十回……何百回もやったよな」

「うん……」

綺蝶は盃を干した。

そして蜻蛉の手に持たせ、同じように酒を満たす。澄んだその色を見つめて、蜻蛉はふっと軽く噴き出した。

花降楼では、客と馴染みになるとき盃を交わす。仮の夫婦となる儀式だ。色子として一本立ちしてから、それこそ何度したかしれない。深い意味を考えたこともなかったし、考えたくもなかった。

(それなのに、今は嬉しいなんて)

そういう自分が可笑しい。

視線を感じてふと顔を上げれば、綺蝶が目を見開いてじっと蜻蛉を見つめていた。

「え……?」

「いや、……なんかひさしぶりに笑ってるとこ見たと思ってさ。何年ぶりかな」

「……それは大袈裟だろ」

そう言いながら、前に笑ったのがいつだったか、蜻蛉は思い出せなかった。ずっとずっと遙か昔のことだったような気がするばかりだ。

「……まったく」

綺蝶は頬に手を伸ばしてくる。

「この笑顔のためだったら、何だって惜しくないと思っちゃうね。おまえの旦那衆も、きっと同じ気持ちだったんだろうな。……この顔をちょっとでも見たくて、振られても振られても通い詰めて……見られないから辛くあたったりしてさ。そう思うと、仇《かたき》みたいに思ってた奴らにも、ちょっとだけ親近感湧《わ》くね」

「馬鹿」

何か照れてそう返しながら、綺蝶の言葉に心は浮き立つ。

「仇みたいに思ってた……？」

「当たり前だろ。いつ闇討《やみう》ちしてやろうかと思ってたよ」

背中からこう、と刺す真似をされて、また笑ってしまう。

「……ここまで来るの、長かったな……」

「そうだな」

頷けば、いろいろなことが脳裏《のうり》を過ぎる。

嚙みしめながら、蜻蛉は三度にわけて盃を飲み干した。

その唇に、綺蝶は誓いのように口づけてきた。


「――って、ちょっ……」

啄むようだった接吻が次第に深くなり、蜻蛉は慌てた。ようやく唇を離したかと思えば首筋に顔を埋められ、びくりと反応してしまう。

「綺蝶っ……」

そのまま畳に押し倒される。焦って押しのけようとしたが、綺蝶は放してくれない。

「まさかこの格好で……っ」

「勿論。花嫁衣装のまんまってのがそそるんじゃん。陵辱《りょうじょく》っぽくってさ」

「陵……っ、馬鹿、何考えてるんだよ!? 汚れるだろ……!?」

「それがいいんじゃねーの。……足袋は履いたままでね」

「変態……っ！」

蜻蛉は真っ赤になった。

「だいたいこんな、し……してばっかで、……おかしくなるってば……」

「なれば？」

綺蝶はあっさりと答えた。

「俺なしじゃいられない身体になればいい」

――独占欲のあらわれかな……

ふと、先刻綺蝶の言った言葉が、耳に蘇《よみがえ》った。再び唇を塞がれる。

その途端、何故だか身体の力が抜けていった。

——旦那様にご奉仕してくれる？

囁かれ、寝間に敷かれた褥に場所を移して、蜻蛉は跪《ひざまず》いた。

両手でそれを支えて、舌を這わせる。先端をちゅくちゅくと吸う。白無垢の袖からわずかに覗く指先と屹立《きつりつ》との対比が妙に淫《みだ》らだった。

「……全部咥《くわ》えてくれる？」

促され、蜻蛉はすべてを頬張《ほおば》ろうとした。

「ん、ん……」

喉の奥を突かれると、ぞくぞくする。挿れられるときの感触を思い出す。

（してるだけで……自分で感じてどうするんだよ）

娼妓にしては、もともとあまり上手なほうではなかった。けれど意地でも達《い》ってもらいたかった。

懸命にしゃぶる蜻蛉の頬を、綺蝶は撫でてくれる。

「もういいよ」

微かに掠れた声で囁かれてもやめなかった。

「……おい」

綺蝶は軽く蜻蛉の頬を押さえ、唇から引き抜こうとする。蜻蛉はいやいやをするように首を振って抗《あらが》った。

「……口に出しちゃうぜ？」

その科白に、逆に吸い上げてみる。

「っ……!!」

途端、喉の奥にどくんと叩きつけられるものがあった。咳き込みそうになりながらも、蜻蛉はすべてを飲み下す。

口でするのは初めてではなくても、綺蝶のものを飲んだのは、これが初めてだった。

「……馬鹿」

綺蝶が苦笑して、唇の端を拭ってくれた。

「でもなんか、すげーそそられる……」

褥に押し倒されると、簡単に纏められただけの髪が解けて敷布《しきふ》に流れた。背中の帯を乱暴に崩される。着物を乱されて裾を割られる。

「や……っ」

素肌を奥まで探られ、蜻蛉は抗う。綺蝶は楽しげに言った。

「舐めて感じた？　――凄く……？」

口淫《こういん》するだけで、蜻蛉自身も達してしまっていたのだった。指摘され、激しい羞恥で全身が熱くなる。

綺蝶は後ろを探ってきた。

「練習、してもらおうかと思ってたけどな」

「え……？」

「騎乗位《きじょうい》」

「え？　んっ……」

濡れた先端があてがわれた。

「上やる練習がしたいんだろ？」

そう言えば、そんなことを口走ったようなおぼろな記憶があるけれども。

「それ、意味が違う……っ」

綺蝶は笑った。

「……っ、あ、あ……！」

そのまま身体を繋がれた。自分で舐めて濡らした先端が、中へ潜り込んでくる。今出したばかりのはずなのに、綺蝶は既に硬さを取り戻している。

「……っあぁっ……」

貫かれて、思いきり背を撓らせた。

綺蝶が手をとり、自分の肩へと回させてくれる。

蜻蛉はその背中をしっかりと抱き締めた。

あとがき

　こんにちは！　遊郭五冊目は、花降楼を出ていった色子たちのその後です。ラブラブを中心に書いてみたので、いつもより気楽に楽しんでいただければと思います。前の本で読んでないものがある方は、この本を読んで知らない妓《こ》にも興味を持ってくだされば嬉しいです。すべてを未読の方がこの本から読むと、微妙にネタばれになるかもしれませんが、まああんまり関係ないかも？

　樹要《いつきかなめ》先生。今回もすばらしいイラストをありがとうございました。豪華絢爛な表紙も、美しいモノクロも本当にうっとりです。蜻蛉が嫌そうな顔をしているのが個人的に超萌えです！　またしても大変なご迷惑をおかけしてしまい、本当に本当に申し訳ありませんでした。

　担当のY様にも、今回も申し訳ありませんでした（涙）。

　読んでくださった読者の皆様、ありがとうございました。ご感想などお聞かせいただければ嬉しいです。次回はたぶん春頃に。そして十二月二十二日にはドラマCD「愛で痴れる夜の純情」も出るよ！　よろしく！

鈴木あみ

Hanamaru Bunko

作家・イラストレーターの先生方へのファンレター・感想・ご意見などは
〒101-0063 東京都千代田区神田淡路町2-2-2
白泉社花丸編集部気付でお送り下さい。
編集部へのご意見・ご希望などもお待ちしております。
白泉社のホームページはhttp://www.hakusensha.co.jpです。

白泉社花丸文庫

華園を遠く離れて

2006年12月25日 初版発行

著 者 鈴木あみ

発行人 藤平 光
株式会社白泉社
〒101-0063 東京都千代田区神田淡路町2-2-2
電話03(3526)8070(編集) 03(3526)8010(販売)
印刷・製本 図書印刷株式会社
Printed in Japan HAKUSENSHA ISBN4-592-87494-3
定価はカバーに表示してあります。

●この作品はフィクションです。
実際の人物・団体・事件などにはいっさい関係ありません。